S系エリートの御用達になりまして

Mana & Akira

砂原雑音

Noise Sunahara

JN055879

Eternity

EB

エタニティ文庫

目次

S系エリートの御用達《ごようたし》になりまして

ひどく緊張した。私、立河茉奈《たちかわまな》にとって、こんな大きな会社で面接を受けるなんて、初めての経験だったのだ。

今年で二十六歳になる私は、社会人になってからずっとカフェ店員として働いている。けれどわけあって転職することになり、先ほど面接を受けてきた。

結果は、信じられないことにその場で即採用。こんな幸運がまさか自分に巡《めぐ》ってくるなんて、思いもよらなかった。

高揚《こうよう》して収まらない気持ちを無理やり抑えつつ、ロビーを歩く。この会社を紹介してくれた幼馴染《おさななじみ》に、早く報告したかった。

面接前に対応してくれた受付の女性に小さく会釈《えしゃく》して、通り過ぎた時だ。入口から来たスーツの男性と目が合った。

その途端、息が詰まりそうになる。瞬《まばた》きもできず、見入ってしまう。

どうしてだか、その男性の視線もまた、私を見つめたまま動かない。時間が止まったように感じた。

互いに足だけは止まらず距離は縮まり、次第に相手の顔の輪郭《りんかく》や目鼻立ちまではっきりとわかるようになる。

彫《ほ》りが深く、まるで精巧《せいこう》な石膏像《せっこうぞう》のように整った顔立ち。

艶《つや》のある黒髪は、前髪が長めで、さらりとサイドに流れていた。髪の間から覗《のぞ》く双眸《そうぼう》もまた、黒色。切れ長の目が意思の強そうな光を湛《たた》え、まっすぐに私を捉《とら》えている。

それが少しもブレないものだから、私も視線をそらすことができなかった。

……どこかで、会った？

すれ違うその瞬間まで見つめ合ったまま、彼の横を通り過ぎた。

それからはまっすぐ前を見て、ビルの外に出る。暖かい陽射しを浴びた瞬間、はあっと大きく息を吸った。心臓がひどく高鳴って騒がしい。

……どうして、あんなにじっと見つめられたんだろう。

不思議に思い、首を傾《かし》げた。たまたま目が合って、お互いに視線を外すタイミングを見失っただけだろうか？

だけど、それだけとは思えない強い眼差しだった。

それに、間近で見つめ合った時、どこかで会ったことがあるような、妙な懐《なつ》かしさが胸を過《よぎ》ったのだ。けれどその感覚を確かめようと記憶をさかのぼってみても、はっきりこれだと思えるものが見つからない。

やっぱり、ただ偶然目が合っただけだろう、と思い直した。

少し歩いたところで、今自分が出て来たばかりのビルを振り仰《あお》ぐ。近代的なビルで、中はとても綺麗《きれい》だった。

面接の三十分前にここに到着した時は、こうして見上げただけで足が竦《すく》んでいた。いまだに心臓がドキドキとうるさい。

私が面接を受けたK&Vホールディングスは、日本で知らない人はまずいない大企業だ。コーヒーを主とした食品メーカーで、世界中にコーヒーチェーン店も展開している。経営母体の規模は、これまで自分が働いていた小さなカフェとは比べものにならない。

とはいえ、私はただのカフェの店員。バリスタとして、K&Vホールディングスの本社ビル一階にあるカフェの面接に来たのだ。

だからてっきり、一階のカフェで面接をするのだと思っていた。けれど、通されたのは応接室で、面接をしてくれたのはK&Vホールディングス人事部の人。

本社にある直営カフェということで、店員は全員、本社所属の社員として雇われるのだとか。

そんな説明を、面接官の男性がしてくれた。年配の柔らかい印象の人だったのでよかったものの、もしも厳しい人に当たっていたら、立派な応接室の雰囲気も相まって、もっとガチガチに緊張していたかもしれない。

ともあれ、来週から働けることになり、本当にほっとした。今住んでいる場所から電車一本で通勤できるので、私にとってはいいことずくめの就職先だ。

興奮冷《さ》めやらぬ帰り道。最寄り駅からアパートへ向かいながら、この就職のきっかけを作ってくれた幼馴染《おさななじみ》に電話をした。

「颯太《そうた》くん！」

弾《はず》む声を抑えきれず、つい声高に名前を呼んでしまう。電話の向こうで『うわっ』と驚く声がした。

『茉奈？　その声の感じじゃ、うまくいったのか？』

「採用になった！　ほんとにありがとう！　ラテアートもさせてもらえるって！」

『そりゃよかった。俺はまあ、知り合いに頼んだだけなんだけど』

ふたつ年上の幼馴染《おさななじみ》、杉本《すぎもと》颯太とは実家が隣同士で、社会人になった今でも互いに連絡を取り合っている。

今回、とある理由で職を失うことになった私を心配して、彼は今までと同じようなカフェの仕事を探し、知り合いを通じて面接の約束まで取りつけてくれたのだ。それがまさか、こんな大手の会社だとは思わなかったけれど。

「その人にも、ちゃんとお礼を言いたい。どういう知り合いなの？」

聞いてみたが、なぜだか言葉を濁《にご》すような唸《うな》り声が返ってきた。

『まあ……友達だけど。礼とかはいいって。照れ屋なんだよ』

「颯太くん？」

「えっ。颯太くんの友達で人事に関われるような人がいるの？」

颯太くんは今年二十八歳だから、年上の友人だとしても、せいぜい三十代じゃないだろうか？ だというのに、こんな大きな会社の人事に口を出せるって、一体どういう人なのだろう。

『まあ、あんま追及しないで。悪い話じゃなかったろ』

「うん、怖いくらいいい話だったけど……」

だからこそちゃんとお礼を言いたかったのだが、それ以上は聞き出せそうになく諦《あきら》めた。

颯太くんは美容師だから、様々な職種の人と出会う機会は多いはず。お客様のひとりなのだとしたら、あまり詳しく話せないのもうなずけた。

その人に十分お礼を言っておいてくれと頼んで電話を切り、足早に家路をたどる。

引っ越してきたばかりのアパートは、駅から歩いて三十分ほどかかる不便な場所にあり、だけどそのおかげで家賃は安い。

さびれた印象で、空《あ》き部屋が多いのが少し不安だった。確か不動産屋は、築二十年だと言っていただろうか。各階五部屋ずつの三階建てで、私の部屋は二階の角になる。ネームプレートはつけていない。一応用意はしてあるのだが、事情があって、怖くて使用しないままだった。

部屋に入ると、まだ梱包《こんぽう》の解《と》けていない段ボールが隅に積んである。引っ越して二週間が経つというのに、早く仕事を決めなければと焦ってばかりで、片づけのほうは捗《はかど》っていなかった。

「これ、今週中に片づけなくちゃ」

仕事が決まって、これで不安がひとつ解消されたのだ。少し休憩したら早速荷解《にほど》きをはじめよう。

颯太くんのおかげで、新生活にようやく明るい兆《きざ》しが見えたと思っていた時だった。

スマートフォンが着信を知らせて震え、びくっと肩が跳ねる。

「……また、田所《たどころ》さん」

手にしたスマホの画面には、先月まで勤めていた店のマスターの名字が表示されている。

登録を消してしまいたかったけれど、どうせかかってくるなら名前が表示されるほうがうっかり出てしまわずにすむかと、そのままにしていた。

……お店さえ辞めたら、大丈夫だと思ったのに。

溜息をついて、スマホをローテーブルの上に置いた。

着信はまだ鳴りやまない。いっそのこと電源を落としてしまおうか。あるいは着信拒否にしてしまおうかと考えながらスマホを見つめる。

私は二十歳の頃からずっとカフェスタッフの仕事をしている。

最初のカフェに三年、そのあと勤めたのが先月までいた店だ。ラテアートが上手な先輩がいて、教わるきっかけになった馴染《なじ》みある場所だった。

それでも辞めた。理由は、田所さんからの執拗《しつよう》なアプローチ。

一年ほど前からだろうか。急に言い寄られるようになり、何度当たり障りなくかわしてもしつこく食事に誘われた。

田所さんは、年は確か、三十五、六と言っていた。別に変な人、というわけじゃない。ちょっと年の差はあるけれど、背も高いしカッコいい部類の人だと思う。

問題なのは、彼が既婚者だということだ。

仕事をしている間も、視線や言葉、その声音に彼の好意が滲《にじ》み出ていた。そんな状況で食事に誘われて、気軽についていけるはずがない。

断り続けるうちに、家の前で待ち伏せのような真似までされるようになり、一度怖いと思ったらもうダメだった。

このままでは仕事にもならないと、思い切って店を辞め、引っ越しを決めたのだ。

——ようやく途切れた着信に、ほっと安堵《あんど》の息を吐く。

この新しいアパートを田所さんは知らないのだから、必要以上に怖がることはない。

そう思って、私はスマホを操作し、彼の番号を着信拒否に設定した。

いつか自分でカフェを開業するのが夢だ。可愛らしいラテアートで女性の心がホッと和《なご》むような、そんなカフェにしたい。

そのためにずっと勉強して、お金も貯めてきた。この引っ越しにかかった出費は正直痛かったけれど、決して諦《あきら》めたわけではない。

ここから、再スタートすればいい。新しい知識を吸収できるかもしれないし、出直すには絶好の機会だ。

そう自分を励《はげ》まして、面接用のスーツから楽な格好に着替えると、長い髪をきゅっとうしろでひとつに結び直す。

「よし！　まずは今日中に段ボールを全部開ける！」

それから、カーテンを新調しに買い物に行こう。そう意気込んで、私は段ボール箱のひとつを開いた。

＊＊＊

初夏の気候、というには気温が高い。しかも雨が近いのか、湿気を含んだ空気が肌にまとわりつくようで、体感温度を上げている。

もっとも、店内は過ごしやすい温度と湿度に調整されているけれど。

「立河さん、これ三番テーブルにお願い！」

「はいっ」

アイスカフェラテをふたつ、窓際の一番奥にある三番テーブルへ運ぶ。

勤めはじめて一週間、私は順調に新生活を送っている。

今、アイスカフェラテを私に託《たく》したのはこの店の店長で、三十代の女性だ。初日に紹介されて、男の人じゃないことにほっとした。

スタッフは私を入れて六人。全員女性で、前の店で怖い思いをした私としては、安心して仕事ができるありがたい環境だった。

このカフェの朝は、忙しい。

八時半に開店してから約一時間くらいが、ランチタイムに匹敵《ひってき》するくらいの繁忙《はんぼう》時間帯だ。

ここでモーニングを食べる社員もいれば、オフィスまでコーヒーをテイクアウトしていく人もいて、店内はとても賑《にぎ》わっている。

この会社の社員だけでなく、当然通りがかりのお客様もいた。

ひっきりなしにお客様が出入りして、あっという間に一時間が経過すれば、次はランチタイムの準備が始まる。

シフトは早番、中番、遅番の三パターンだ。早番が朝八時から夕方四時まで、中番は十一時から夕方六時で遅番は午後三時から閉店まで。忙しい時間にうまく人が重なるようにシフトを組んである。

中番の子が出勤し、昼の忙しい時間が終わったあと。早番だった店長と私は、一緒に昼休憩を取ることになった。

賄《まかな》いに店のパンをどれかひとつと、好きな飲み物を淹《い》れていいことになっている。私はいつもカフェラテだ。

エスプレッソを淹《い》れたカップに、スチームミルクを注《そそ》ぐ。濃厚なコーヒーと甘いミルクの香りが混ざり合い、カップからふわりと立ち上《のぼ》った。その香りを深く吸い込む。私の好きな瞬間だ。

ミルクを注《そそ》ぐにつれ、エスプレッソと、スチームミルクの泡とが混ざり合っていく。この時にできる模様で絵を描くのがラテアートだ。コツをつかむまではうまく混ざらなくて綺麗《きれい》な模様ができず、不思議と味もいまいちになったりする。

自信をもって提供できるようになった今では、懐かしい話だけれど。

店長の分とふたつ、休憩室に運んでひとつを手渡す。すると店長はカップをまじまじと見て口を開いた。

「立河さんって、ほんとにラテアート上手ねえ」

「ありがとうございます」

本当に感心した様子で言われると、照れてしまう。

「今日はリーフにしてみました」

「スチームミルクが均一で模様も繊細で、ホントに綺麗《きれい》。取締役のコネ入社だって聞いてたから、どんな子が来るのかと思ったけど……ちゃんと仕事ができる子でほっとしたわ」

「えっ」

驚いて店長の顔を見ると、彼女はカップに口をつけて「美味《お》しい《い》」と満足げにうなずいている。

嬉しい。けれど、店長の言葉をそのまま聞き流すわけにはいかなかった。

「取締役のコネって……？」

「え？　もしかして知らなかったの？」

「はい。人づてに紹介していただいたことは確かなんですが……誰なのかは全然知らなかったです。取締役って偉い人ですよね」

そんな人と颯太くんがどうして知り合いなんだろう？　やっぱり彼のお客さんなのだろうか？

だけどそれにしたって、美容師と客というだけで、その幼馴染《おさななじみ》の就職にまで手を貸してくれたりするとは思えない。なんとなく釈然としないものがあり、一体どんな人なのだろうと興味を引かれた。

「柏木《かしわぎ》さんっていってね、いずれこの会社のトップに立つ人よ」

「ええっ？」

「現社長のご子息。この春に海外支社から戻って、取締役専務に就任したばかりなのよ。すごく綺麗《きれい》な男性だから、〝王子〟って呼ばれてるわ」

「王子って……」

いくらなんでも日本人に〝王子〟だなんて、イメージが合わないだろう。つい笑ってしまいそうになったが、その時ふと、ある顔が浮かんだ。

面接に来た日、ロビーですれ違った男の人。

あの人なら、確かに王子と言われても遜色《そんしょく》ない風貌《ふうぼう》だ。綺麗《きれい》なだけでなく、とにかく存在感のある人だったと思い出す。

「実物を見たら、立河さんも納得するわよ」

そう言われ、きっとあの人に違いないと根拠のない確信を抱く。

同時に、少しがっかりした。本当にそんな偉い人が口利きしてくれたのなら、直接お礼を言うことはきっと叶わないだろう。

「見てみたいですけど、会えることなんてそうそうないですよね」

あの日ロビーですれ違ったのは、ただラッキーだったからに違いない。それに、この先似たような機会があったとしても、いきなり声をかけることなど逆に失礼だろう。

諦《あきら》めモードになって溜息をつく。が、店長は「そんなことないかもよ」と笑った。

「えっ？」

「何度かコーヒーを買いに来たもの。会計のついでにだけど、結構気さくに話してくれるし、感じのいい人だったわよ」

「ほんとですか？」

だったら、少しは話すチャンスがあるだろうか。名乗ってお礼だけでも言えれば、それで十分なのだから。

昼食を食べ終え、店長とふたりで一度店を出てビルのロビーへ向かう。お手洗いがカフェの店内にはなく、ビルの一階ロビーにしかないからだ。

そこで簡単に化粧直しをして、店に戻った時だった。

「立河さん、立河さん！」

興奮気味に私を呼んだのは、今日は中番で出勤の香山《かやま》さんだ。私よりふたつほど若い子だけれど、気軽に接してくれるので話しやすい。その彼女が、やたら慌てて私を手招きしていた。

「どうかしたんですか?」

「立河さんって、王子と知り合いなんですか!?」

「えっ」

頬を紅潮《こうちょう》させて勢いよく食いつかれ、展開がつかめずに首を傾《かし》げる。

「知り合い、というか……私の幼馴染《おさななじみ》の知り合い?」

結局颯太くんはなにも教えてくれなかったから、そこも定《さだ》かではないのだけど。

「香山さん、どうして急にそんなことを?」

「今! 王子がコーヒーをテイクアウトしに来られて、『立河茉奈さんはいらっしゃいますか』って! 名指しですよ名指し!」

「そうなの?」

しまった。化粧直しをもう少し早くすませていれば、会えたかもしれない。だけどまさか、向こうから私に接触してくるとは、まったく予想していなかった。

「なんだろう……」

会えたらお礼を言いたい、とは思っていたけれど。

柏木さんのほうも、私になにか用があるのだろうか。それとも採用した手前、一応どんな人間か会っておきたいということだろうか。

「話がしたいって。また来るって言ってましたよ。ほんとタッチの差でした」

「そうなんだ……ありがとう」

会いたいような怖いような、どちらともいえない緊張感に鼓動《こどう》が速くなった。

それから数日は、王子——もとい柏木さんが来店することはなく、日々の業務に追われていた。

あれからどうしても気になって、颯太くんに電話してみたのだが、彼も仕事が忙しそうで時間が合わず、メッセージのやりとりしかできなかった。

『私を紹介してくれた人、取締役って言ってたよ。どういう知り合いなの？』

『会った？』

『会えてはいないけど』

このあと返信がくるまで少し間が空《あ》いたのだが、それは単に忙しかったからなのか返事に迷ったからなのか、私にはわからない。

『同級生だよ。こないだ同窓会で久しぶりに会った』

そんなふうに簡単に返事があって、それ以上は聞けなかった。

──颯太くんの同級生に、柏木なんて人いたかなあ。

学生の頃の記憶をたどる。颯太くんと私は学年が違うけど、仲がよかった人の名字くらいは聞き覚えがあってもおかしくない。

だけどどれだけ記憶をたどっても、柏木という名字は出てこなかった。

「立河さん、二番テーブルにラテアートふたつお願いします」

「はいっ」

店ではラテアートを任せてもらえるようになって、とにかく今は仕事が楽しくてしょうがない。

二番テーブルに目をやると、可愛らしい雰囲気の女性のお客様がふたり座っていた。

──なににしようかな。ハートとフラワーリーフがいいかな。

お客様の希望に合わせてできるようになれたらいいな、とか、やってみたいことはいろいろある。

クマやスワン、キャラクターものも描いてみたい。

けれど今日のところはフラワーリーフに小さなハートを作って、香山さんにテーブルへ届けてもらった。

「わ、可愛い！」

テーブル席から弾《はず》んだ声が聞こえ、嬉しくてつい頬が緩む。

「評判いいですよね、ラテアート！　今までうちでは出してなかったけど、ああいうの聞くと嬉しくなっちゃいますね」

「うん。私もそれが嬉しくて練習しはじめたの。香山さん、休憩だよね。ラテ淹《い》れようか？」

「クマさんとかできます？」

「できるよ」

エスプレッソマシンの前に立ち、彼女用のカフェラテを淹《い》れていると、感嘆の言葉と溜息が聞こえてきた。

「はー……かっこいいですねえ」

「香山さんも練習してみる？」

「はい、いつか。今はこうして見てるだけで楽しいです」

「あはは。もうちょっと待ってね」

カクテルピンを使い、泡の表面を細かく突いて線を描く。早くしないと、コーヒーが冷《さ》めてしまうし泡もへたってしまう。

カップに視線を落として集中していると、「……あ」と香山さんが小さな声をもらした。

それからすぐに、「立河さんっ」と興奮した声で話しかけてくる。

「うん？　ちょっと待ってね、もう少し……」

手元ばかり見ていたから、私はまったく状況を把握していなかった。

「立河さんってば！」

「あっ！」

香山さんが突然肩をつかむから、手元が狂《くる》ってクマの目が片方、吊り目になってしまった。

「あぁ……歪《ゆが》んじゃった。どうかしたの？」

「クマさんどころじゃないですってば、あれ！」

やっとカップから顔を上げると、香山さんがひどく高揚《こうよう》した様子で私のうしろを指さしている。

「え？」

彼女の示す方向へ目をやった。

店長がテイクアウト専用の注文カウンターで接客をしていて、ちらっと私のほうへ視線を投げる。

そしてわずかに遅れて、お客様らしいスーツの男性もこちらに目を向けた。ぱちっと目が合った途端、とくんとひとつ、心臓が跳ねる。

――あの人だ。

怖いくらいに整った顔に、今日は優しげな微笑みを湛《たた》えている。

間違いない。面接の日、見つめ合いながらすれ違った、あの人だ。

「あれが王子ですよ！　柏木さんです！」

香山さんの声はボリュームを抑えながらも、興奮気味だった。

それを聞きつつ、私の目はすっかり彼に釘《くぎ》づけだ。その笑みが明らかに私に向けられ、深みを増した時、ぼぼっと顔から火が出そうになった。

「立河さん！」と、店長に呼ばれて思わず肩が跳ねる。

あの日と同じように、すっかり彼の視線に捕まってしまっていたのだ。

「柏木さんが、立河さんと話したいって」

一瞬、店内がざわめいた。テーブル席のほうへ目をやれば、スーツの女性が数人、ひそひそと何事かを話しながらこちらの様子をうかがっている。

さすが王子。カフェの店員にただ声をかけるだけで、こんなにも注目されるなんて。

気詰まりじゃないのだろうか。

そんなことを思いながら「はい」と返事をして、店長と入れ替わるように柏木さんに近づいた。目が合うと、ふたたび彼が柔らかく微笑む。その微笑みの、まあ美しいこと。

「立河茉奈です。このたびは大変お世話になりました」

コネ入社に手を貸したなどと周囲に思われたら、きっと迷惑だろう。そう考え、詳細はあえて言葉にせず、お礼だけを述べて丁寧に頭を下げる。

すると頭上から、くすりと含み笑いが聞こえた。

「俺が誰だかわからないか」

「え？」

驚いて顔を上げると、彼はまっすぐに私を見ていた。

「あの……面接の日にロビーで会った方、ですよね？」

きっと、これが正解ではないだろう。そう思いつつも、今はその記憶しか出てこない。

「そうだな。けど、それよりずっと前から俺はお前のことを知っている」

案の定、不正解だった。

見れば見るほど知らない人で、ただ困惑する。けれどじっと目を見つめているうちに、ほんの少し、なにかがちくりと記憶を刺激した。

なんだろう。確かにどこかで会ったことがあるような、そんな気はする。だけど、思い出せない。芸能人に似ているとか？　確かに俳優だと言われても納得してしまう顔立ちだが……それもなんだかしっくりこない。

懸命に記憶をたどるものの思い出せなくて、やはり気のせいだと片づけてしまうことにした。

「……あの、どなたかとお間違えじゃないですか？」

私がそう言うと、柏木さんの笑みが深くなる。それが少し怖くて、私は身を竦《すく》ませた。思い出せないことを、彼が怒っている気がしたのだ。

柏木さんが私の顔を覗《のぞ》き込むように腰をかがめ、顔を近づけてくる。

三日月みたいに弧を描いたふたつの目と薄い唇が、一瞬、得体の知れないものに見えた。思わず一歩あとずさった私を、なおも微笑みが追いかけてくる。

「……俺はひと目ですぐにわかったのに」

「すっ、すみません。でも、本当に……」

本当に、わからないのだ。思い出せないことが申し訳なくて、まっすぐに私を見つめる目に責められているようで、うつむいて視線をそらす。だけど、それがいけなかった。

突然——大きな手に、顎《あご》をすくいあげられる。強制的に上向かされ、彼の視線に捕まった。

「ひどいな」

彼の瞳に自分が映っているのが見える。それほどの至近距離で見つめられ、どくん、と大きく心臓が飛び跳ねた。そのあとドクドクと早鐘《はやがね》を打ち続ける。

店内がどよめくが、私はそれどころではなくて、人の目を気にする余裕など失っていた。

なんて熱い目で私を見るんだろう。かあっと顔が熱くなりパニックになっていると、彼の唇がにっと意地悪そうに歪《ゆが》んだ。

「今夜、食事に行こう。それまでに思い出せたら許そうか」

「えっ⁉」

予想外の展開に頭がまったくついていかない。

彼は上半身を起こし、すっと背筋を伸ばす。そして内ポケットから名刺入れを取り出すと、一枚引き抜いて差し出した。

「話がしたい。仕事が終わる頃に迎えに来る」

戸惑いから受け取れずにいると、手のひらに名刺を押しつけられる。さすがにそのまま落とすわけにはいかず、名刺は私の手に収まった。

彼はとりあえずそれで満足したらしい。腕時計で時間を確認すると、店長からテイクアウトのコーヒーを受け取る。

「じゃあ、あとで。思い出せるといいな？」

そう言って、彼は返事も聞かずに背中を向けた。

「ちょっ、私、行くなんて一言も」

私の声があとを追いかけたけど、それは綺麗《きれい》にスルーされた。

数秒ぽかんとしてから、手の中の名刺に目を落とす。

仕事用の名刺なのだろうけど、ちゃっかり携帯番号が直筆《じきひつ》で書いてある。プライベートのものだろうか？　渡すつもりで準備していたのだとしたら、抜け目がないというか、誘い慣れているというか。

じっと名刺を睨《にら》んでいると、背後から視線を感じた。

「わっ！」

振り向くと、香山さんと店長がそわそわしながら私の手元を覗《のぞ》き込んでいた。

「店長……プライベートの番号つきですよ」

「なんか今、ドラマの序章を見ているような気分だったわ。……立河さん、どうするの？」

ふたりして目を爛々《らんらん》と輝かせ、私の反応を待っている。

「どうするもこうするも……返事する前に帰ってしまわれましたし……」

「というか、やっぱり柏木さん、立河さんのこと知ってるような口ぶりじゃなかったですか？」

「でも、本当に覚えがないんだけど……」

『俺はひと目ですぐにわかったのに』

あの日、ロビーですれ違った時には、彼はもう私が誰かわかっていたということだろうか。

「昔、付き合った男とか？」

「いえ、さすがに付き合った人の顔くらいは覚えてますよ。それに、柏木って名字の人と今まで知り合ったことは……」

だけど確かに……なにか、記憶に引っかかるものがある。

あの人の表情を見ていると、懐《なつ》かしいような、苦しいような感情が胸の奥を引っかくのだ。

特に、私が『どなたかとお間違えじゃないですか』と尋ねたあとの顔。笑っているのに怖かった。一見とても穏やかそうな人なのに、その一瞬だけはすごく意地悪に見えて――

手がかりを求めて、もう一度名刺に視線を落とす。

……柏木。やはり、名字には覚えがない。柏木……彰《あきら》。

「……彰？」

名字ではなく、下の名前により強い引っかかりを覚える。「柏木」ではさっぱりわからなかったが、「彰」という名前から、記憶の底に沈んだ人物が浮き上がった。

知っている。「彰」という名前の人を、ひとりだけ知っている。

でも、名字が違う。「柏木」ではなくて、確か……そうだ、谷崎《たにざき》。

「……彰、くん？」

声に出した途端、急激にそれは確信に変わった。

間違いない。名字は違うけれど、絶対そうだ。子供の頃の面影《おもかげ》を成長させたら、確かにあんな顔立ちになるかもしれない。

「なに？　やっぱり知り合いだった？」

呆然として名刺を凝視する私に、店長が声をかけてくる。けれど私は、答える暇もないほど必死で子供の頃の記憶を掘り起こしていた。

いい思い出など出てこない。意地悪を言われて、泣かされたあれやこれやが蘇《よみがえ》る。さらにはさっき、わけがわからないまま言い逃げされた言葉を思い出して血の気が引いた。

――迎えに来るって？　彰くんが？　嘘でしょう？

颯太くんが、誰に紹介してもらった仕事なのか、なかなか言わない理由がわかった。私が彰くんにいい感情を持っていないことを知っているからだ。

あの彰くんと食事なんて、冗談じゃない。絶対無理だ。お礼は言うけど、食事にまで付き合えない。

名刺をゴミ箱に捨てたい衝動をどうにか堪《こら》え、乱暴にカフェエプロンのポケットに押し込んだ。さすがに、他人様の名刺をそこらに捨てるのは失礼だ。けど、関わりたくない、というのが本音だった。

そのあとは、どうやって彼から逃げ出そうかと、そればかり考えて仕事に集中できなかった。

＊　＊　＊

子供の頃、私は人見知りが激しくて、同年代の友達がまったくいなかった。

隣に住む颯太くんだけが気を許せる友達で、帰ったら必ずといっていいほど彼の家に遊びに行っていた。そこに大抵一緒にいたのが、彰くん。谷崎彰だった。

『颯太くん、なにしに行くの？　私も行きたい』

『サッカーだけど、見に来る？』

『いいの？　行く！』

『いいわけないだろ！　お前がついてきたらやりにくい！』

『そんなこと言うなって、彰。いいよ、茉奈ちゃん行こ』

颯太くんは私に優しくて、彰くんはそれが気に入らないのか、私には意地悪ばかり。きっと、私がいると男の子の遊びがしにくかったのだろう。

それにしたって『チビ』だの『ブス』だのひどかった。そのたびに私が泣くから、余計にイライラしたのかもしれない。『泣いてばっかで、まじでウザい』とよくぼやかれたものだ。

ふたりが所属していたサッカーチームの試合の時には、他の女の子も見に来ているのに、『早く帰れ』と無理やり追い払われたこともある。

ふたりとも顔立ちは綺麗《きれい》だったから、女の子には人気があったように思う。学年が違うのでよくは知らないが、クラスでも中心的な存在だったようだ。

一方、私は人見知りが一向に直らず、クラスで孤立していた。目立つ女の子のグループに陰口を言われ、居場所がどこにもなかった。

そんなだから、たとえ彰くんに意地悪を言われても、ふたりにくっついているほうが楽だったのだ。彰くんのことも、怖いとは思っていてもそんなに嫌いじゃなかった。

彼にはっきりと拒絶されたのは、中学に入ったばかりの時だ。

『いい加減にしろよ。俺も颯太もまじで迷惑してんだよ』

冷たい言葉で遠ざけられ、そのあと本当に近寄らせてもらえなかったし、私から近寄るのも怖くなった。

いつまでも彼らに頼ってばかりではいけなかったのだと今ならわかるけれど、その時にはそんな余裕もなかった。

そのうち一年が経過して彰くんたちは卒業し、彼はどこか遠くに引っ越したのだと颯太くんからは聞いた。

＊　＊　＊

「へえ。そんな風に見えなかったけど」

お客の途切れた時間に私の昔話を聞いて、店長は意外だと目を見開いた。

「ほんとなんです。すっごく意地悪で」

「そうじゃなくて。立河さん、そんな大人しかったんだ。今はそういう感じしないなあって」

「あ……それは、だいぶ訓練したので……優しそうな子を探して声をかけてみたり、いろいろ……」

友達を作るのにもかなり苦労したけれど、泣きそうな時は彰くんに言われた言葉を思い出して我慢した。

時間はかかったが、高校を卒業する頃には少ないながらも気を許せる友達ができた。

今にして思えば、あの一言のおかげで今の私があるので、多少の感謝の気持ちはある。

だけど当時の彼にとっては、ただ鬱陶《うっとう》しかっただけに決まっている。

なによりあの時は本当に悲しかったのだから、わざわざ感謝しているなどと伝える必要はないだろうし、一方的な食事の誘いに応じる義理もない。

そう思ったが、店長の次の言葉が、逃亡路線に傾きかけていた私の心を引き留めた。

「えらいじゃない。立河さんみたいに、柏木さんも変わったんじゃない？　いつまでも子供の頃のままじゃないわよー」

言葉に詰まった。子供の頃の印象をそのまま引きずって、私のほうが大人げないような、そんな気持ちにさせられた。

けど、私にとってそう簡単に解消できるわだかまりでもない。

現在の時刻は、夕方六時の少し前。今日は中番で出勤しているので、もうじき私の仕事が終わる時間だ。

「私の上がり時間なんて知らないくせに、ほんとに来るんでしょうか」

そもそも、本当に来るつもりなら、あの時私に仕事が終わる時間ぐらい聞いただろう。

やっぱり、からかわれただけなのかもしれない。

それならそれで、彼をわざわざ待つ必要もないし、悩まなくてすむ。

そう思ったのだが……

「あ、私言った。オーダーの時、一緒に聞かれたから」

店長が悪びれずにそう言って、密かに抱いた望みは絶たれてしまう。

「店長ぉぉ」

「取締役に聞かれて答えないわけにはいかないわよ、悪いけど」

店長がひょい、と肩を竦《すく》める姿を見て溜息をつき、私は腹をくくった。

できれば会いたくないという気持ちのほうが強いが、そんなわけにもいかなそうだ。

ただ、目立つのだけはゴメンだった。

店にはここの社員もたくさん来店する。仕事が終わって待ち合わせしていたり、残業のためのコーヒーやパンを買いに来たりと、この時間はなかなか賑《にぎ》やかなのだ。

そんなところに柏木さんが迎えに来たら、目立つに決まっていた。

……外で待とう。そのほうがまだマシだ。

店の出入口が見えるところで待って、彼が来た時にこちらから声をかければいい。

「すみません、もし柏木さんが来られたら、外で待ってますとお伝えしてください」

六時きっかりにタイムカードを押して、念のため店長にそう伝えた。

この店の出入口は、ビルの一階フロアにつながるほうと、大通りに面した一般客用とふたつある。

私は大通りのほうから店を出ようとした。

その時、自動ドアが開いて風が吹き込んでくる。

「ああ、間に合ったな。時間がギリギリだったから、入れ違いになるかと思ったが」

そう言いながら入ってきた男性が、腕時計に落としていた視線を上げた時、ぱちりと合った。

穏やかそうでいて妖艶《ようえん》な微笑を浮かべて立っているのは、もちろん彰くん……いや、柏木さんだ。

顔立ちには、確かに子供の頃の面影《おもかげ》がある。だけど見せる表情はまったく別人だ。

「な……なんで外から」

「外回りから戻ったところだ。それより……」

目立たないように外で、と思っていたのに台無しだ。店中からビシビシと視線を感じるのは、気のせいだと思いたい。

「どこに行くつもりだった？」

「えっ？」

「逃げられると思ったか？」

笑顔で詰め寄られて、ぎくりと頬が引きつった。ちゃんと待つつもりだったが、逃げたいと思っていたのもまた事実だった。

「ち、違います。仕事が終わったのに店内にいても迷惑だから、外で待とうと思っただけで……」

慌てて言えば余計に怪しいのはわかっているが、どうしてもテンパってしまい口調が早くなる。

そんな私を数秒、じっと観察したあと、彼はふっと口元を緩めた。

「そういうことにしておこうか。……行こう。外に車を待たせてある」

あとずさりかけていた私の左手が、彼の右手にすくい上げられた。そのままエスコートでもするように軽く引き寄せられる。

その途端、「ひゃあああ、素敵っ」と力の抜けた叫び声が聞こえた。

あれは多分、香山さんの声だったように思う。


車を待たせてある。

その言い回しになにかひっかかるものがあったけど、外に出てみれば待っていたのはいかにも高級そうな、運転手つきの黒塗りセダンだった。

――外回りから帰ったとこ、とか言ってなかった？　普通、こんなんで外回り行く？

王子様ともなれば、営業相手も私が思うようなものとは違うのだろうか。

促《うなが》されるままにそれに乗り込むと、後部シートは車の中とは思えないほどふかふかだった。

座っているのが恐れ多くて、つい肩が縮こまる。落ち着かなくてきょろきょろと車内を見回していると、隣に座る彼と目が合い、ふわりと微笑まれた。

後部座席にふたりで座るのは居心地が悪いが、運転手さんがいてくれてよかった。こんな狭い密室にふたりきりという状況は避けられたのだから。

できる限り窓側に寄って身を小さくし、私は渋々ながらも覚悟を決めた。

車がどこに向かっているのかは知らないが、誘いに応じたのは食事をしたかったからではない。ちゃんとお礼を言うためだ。

「あの……就職に力を貸してくれてありがとう……ございます」

幼馴染《おさななじみ》といっても仲がよかったわけじゃないので、距離感がつかめなくて口調が硬くなる。

すると、彼の眉間がぴくりと痙攣《けいれん》した。

「まだ思い出せないのか」

私がまだ、彰くんの正体にたどり着いていないと思われたのだろう。

実際、一見穏やかそうな表情を浮かべる彼を見ていると、終始邪険にされていたという記憶と一致しなくて自信がなくなる。

だけど、時折ちらりと意地の悪そうな光が宿る目には、確かに既視感があった。

――ほら、今もまた。

笑っているのに、なんだか追い詰められているような気持ちにさせられる、そんな目だ。

「彰くん……だよね？」

「当たり。遅いな、気づくのが」

「だって、わかんないよ。名字が違うし」

「ああ……そうか」

彰くんは「茉奈は知らなかったか」と小さく呟《つぶや》き、納得したようにうなずいた。

私はいっそうわけがわからなくなって首を傾《かし》げる。

「中学を卒業したあと、母親に連れられて柏木の本家に来た。それからは柏木を名乗ってる」

「そうなんだ……」

そういえば昔、彰くんの家は母子家庭だというようなことを聞いた気がする。はっきりと覚えているわけではないけれど、今の彼の話を聞いてぼんやり思い出した。

社長とお母さんが再婚した、ってことかな？

私に考えつくのはそれくらいだったけれど、彰くんの言い方はなにか釈然としなかった。だけど内容が内容だけに、私から聞くのも躊躇《ためら》われる。彼もまた、それ以上説明する気はないらしい。

この話は終わりとばかりに、話題は今夜の食事に移った。

「茉奈。なにが食べたい？　和食でいいなら、馴染《なじ》みの店があるが」

「えっ！　いや、私は本当に、雇ってもらったお礼が言いたかっただけだから」

慌てて両手を振って、もう一度「本当に助かりました、ありがとう」と頭を下げた。

だが、しばらく待っても返事がない。

顔を上げると、彼は微かに眉を寄せていた。

「彰くん？」

「なにか用でもあるのか？」

「え？　別にそうじゃないけど」

やんわりとお断りすれば大丈夫だろうと思っていた。彼だって、わざわざ私と食事をしたいとは思わないだろうと。

久々に会ったからちょっとからかいに来たか、顔だけでも見ておこうという、その程度のお誘いだと思ったのだ。

だが今、彼は機嫌が悪い……ような気がする。表情の変化はわずかだけれど、声が低くなったように感じるし、こちらを見る目は若干、鋭い。

「だったらいいだろう。食事くらい付き合え」

「えっ……で、でも彰くんだって、私と食事に行ってもつまらないでしょ？　それに、お礼なら……私が出さなきゃいけないけど、今はちょっと持ち合わせが……」

食事をお礼とするなら、懐《ふところ》具合が心配だ。しかも、彰くんが連れていってくれる店なんて、私にはハードルが高いし金額も高そうだった。

恥を忍んでここはお断りし、後日お礼に菓子折りでも持っていこう。それで食事も回避できると考えた。

しかし答えは、ノーだった。それどころか、呆《あき》れたように息を吐いて笑われる。

「茉奈に出させようなんて、最初から思っていない」

「や、でも、それじゃお礼にならないし」

「もうすぐ着く。自分が勤める会社の重役の誘いを断るとは、なかなか気が強くなったな」

機嫌が悪いとはいえ、随分《ずいぶん》な物言いだ。彼が私よりもずっと上の地位にいることはその通りで、確かに本来逆《さか》らえる立場ではないのだが、かちん、と頭にきた。

「そんな言い方って――」

「お礼なら」

言い返そうとした私の言葉を遮《さえぎ》って、彰くんが私のほうへ身を乗り出してくる。驚いて身体をドアへ寄せたが、彼はさらに距離を縮め、私のシートの背もたれに片肘をついた。

「別の形でもらうという方法もある」

頭の中にクエスチョンマークがいくつも浮かぶ。別の形、というのがなにを指しているのかもわからないが、今のこの距離感が一番の疑問だった。

「え……え？」

彼の手が私の顔のすぐ近くにあって、指先が髪を絡めとった。

久しぶりに会う幼馴染《おさななじみ》に対する接し方ではない……と思うのは、私が自意識過剰なのだろうか？

いや違う、絶対にありえない距離感だ。

頬が熱くなっていることに気づかれたくなくて、なんでもないフリをしてやり過ごそうとする。けれど、発した声は上《うわ》ずっていた。

「べ、別の形、って、どういう……」

「どうしたら、礼になると思う？」

わからないから聞いたのに、逆に聞き返されて言葉に詰まる。

とん、と膝《ひざ》になにかが当たって、びくっと身体が跳ねた。ちらっと視線を向ければ、彼の膝《ひざ》が触れていたので、そろそろと脚を遠ざける。

そしたら今度は、頬になにかが当たる。視線を上向けると、さっきよりもぐっと近づいた彼の顔が真正面にあった。

私の髪を撫《な》でていた指が、いつの間にか頬に移っている。さらさらと、頬がくすぐったい。

「あ、あ、あのっ……」

「なんだ？」

「ひゃっ」

また身体が近づいてきて、今度は膝《ひざ》どころか腰やら太腿《ふともも》やらがぴったりと彼に密着した。

彰くんの体温が感じられ、私の鼓動《こどう》まで向こうに伝わってしまいそうで、焦りと困惑から私はついに音を上げた。

「お、お食事付き合います。付き合うから、ちょっと離れてっ……」

お願いだからこれ以上近づかないでくれ、と身体を硬くしてぎゅっと目を閉じ、全身で意思表示をした。

顔が熱い。きっと真っ赤になっている。それを間近で見られていることも辛い。

そのままじっとしていると、くっくっと喉を鳴らすような笑い声がした。

「……彰くん？」

おそるおそる目を開ける。すると、身体の距離こそ離れていないけれど、彼は顔を少し伏せていた。肩が揺れていて、笑っているのが丸わかりだ。

その態度にぴんと来て、私はいっそう顔を熱くする。今度は怒りが原因だけれど。

「かっ……からかったのっ!?」

「いや、そんなつもりはない、んだが……っくく」

「笑ってるじゃない！　もう離れて！」

どんっと彰くんの胸を押したが、彼を少し揺らした程度で、それくらいではさしたる効果はなかった。

彼自身、これ以上近づくつもりはなかったらしい。笑いすぎて涙目になった顔を上げ、ちらりと横目で視線を投げてくる。

やはり綺麗《きれい》な切れ長の目で、不意打ちをくらった私はドキリとさせられてしまう。

「すぐ馬鹿にしてっ……」

「可愛いな、お前」

「えっ」

意表を突かれて、思考がぴたりと停止した。

固まる私から彼はゆっくり身体を離し、最後に私の頬を撫《な》でていた指がついっと顎下《あごした》をくすぐっていく。

「食事に付き合え。それが礼の代わりでいい」

ふっ、と唇に薄く浮かんだ笑みからは、大人の男の色香が漂《ただよ》う。それは私の心を簡単にざわつかせた。

連れていかれたお店は、看板などがなく控えめに暖簾《のれん》がかかっただけの、隠れ家のような高級料亭だった。

ジーンズに白のブラウスというあまりにもラフな出で立《いた》ちだった私は、彰くんの陰に隠れるようにして店内を歩く。

そんな私を見た彰くんに、またしても鼻で笑われたのが悔しい。「食事」と言ってこんな高級料亭に来るなんて、想定していないのが普通だと思う。

やっぱりついて来るんじゃなかったと腹を立てたけれど、それは最初だけだった。

出てきたお料理がとにかく素晴らしかったのだ。特に「オニエビ」とかいうよく知らないけど珍しいエビが、信じられないほど甘くて美味《おい》しかった。

決して、お料理で誤魔化《ごまか》されたわけではない。そうではないけれど、美味《おい》しいものを目の前にすると、人っていつまでも不機嫌ではいられないものだ。

経験したことのない美味《おい》しさに、夢中になって食べていた。無意識に頬が緩んでうっとりと幸せに浸っていた時、見つめられていると気がついた。

「な、なに？」

がっついて、みっともないと思われただろうか。慌てて表情を取りつくろい彰くんを睨《にら》んだけれど、思いもよらず彼は優しい笑みを浮かべていた。

「いや。美味《うま》いな」

目の前の器に視線を戻し、薄く微笑んだ彼の横顔を、やはり美しいと思ってしまった。

帰りの車の中で、私は素直に彼に頭を下げる。

「ご馳走様《ちそう》でした。すごく美味《おい》しかった」

口の中にエビの旨味《うまみ》がまだ残っているような気がする。忘れたくないと思うくらいに、本当に美味《おい》しかった。

「オニエビが食べられたのはラッキーだったな」

ああいう料亭に行き慣れてそうな彰くんが言うのなら、きっと本当にラッキーだったんだろう。

このままずっと余韻《よいん》に浸っていたかったが、窓の外の景色を見ると、そういうわけにもいかなかった。私のアパートの最寄り駅に近づいていたのだ。

「あ、その先にある駅の前で降ろしてください」

運転手さんに向かってそう言うと、隣から声がした。

「家まで送る。この近くなんだろう?」

「でも、結構駅から外れたところだし、道幅が狭いの。ここで十分だから」

狭いだけでなく、アパート周辺は道が入り組んでいる。こんな大きな車じゃ通りにくそうだと思ったのだけど、彰くんは私が嫌がっていると捉《とら》えたらしい。

「駅から遠いってわかっているのに、ここで降ろすほうがどうかしてる。いちいち逆《さか》らわないで大人しく座ってろ」

呆《あき》れたような声は、少し怖かった。

「でも……」

たったこれだけのことで、どうしてそんなに機嫌が悪くなるのか。

この短い時間で、気づいたことがある。彼は、人の目がある時は人あたりのいい穏やかな表情を浮かべているけれど、私とふたりか、もしくは運転手さんと三人の時には、その仮面が剥《は》がれるようだ。

すぐに不機嫌になったり、笑ったかと思ったら意地悪な笑みだったりするし、私の反論など聞き入れない。今もそうだ。

私の言葉なんか聞かずに、問答無用で運転手さんに告げる。

「佐野《さの》、彼女の家まで行ってくれ」

「かしこまりました」

運転手さんは、どうやら佐野さんというらしい。五十代くらいの優しそうなおじさんで、私に気を使ってくれたのだろう。バックミラー越しに、にこりと微笑んでくれた。

アパートまでの道を聞かれて答えていると、さすが運転をお仕事にしている人だなと思った。難なく細い道を抜け、すぐにアパート前に着く。

歩けば三十分の道のりだ。送ってもらえたのは、確かにありがたかった。

「ここです、ありがとうございました」

お礼を言うと、緩やかに停車した。佐野さんが運転席を降りて、後部座席のドアを開けてくれる。

こういう扱いをされることに慣れなくて、恐縮して肩を竦《すく》めながら車を降りた。

「……ここに住んでるのか？」

「えっ？」

声に驚いて振り向くと、どうしてか彰くんも車から降りるところだった。

「そう、ここの二階の角」

我が家の窓を指さして彼を見れば、眉間に皺《しわ》を寄せている。

このあたりは一応住宅街だが、空《あ》き地や空《あ》き家が多く、街灯も少ない。暗い夜道を一人で歩くのは怖いけれど、この乏《とぼ》しい灯りの下で彰くんの不機嫌な顔を見るのも、これはこれで怖い。

彼は眉を顰《ひそ》めたまま周囲を見回して、ぼそっと呟《つぶや》く。

「女が一人暮らしするような環境じゃない」

「……急に引っ越すことになって、あんまりゆっくり選んでる余裕がなかったの」

「だからと言って、もう少し……選びようがあるだろう」

選びようって……せめてオートロックがあるとか、ってことだろうか？

前に住んでいたところは一応オートロックだったけど、管理人さんが常駐していなくてあんまり意味がなかった。住人のあとに続いて、しれっと入って来られるのだ。

中途半端なセキュリティはあまり意味がないと悟り、それならなくてもいいかと家賃重視で選んだのがこのアパートだったのだけれど、そこまで愕然《がくぜん》とされるほどひどいだろうか？

それに、十数年ぶりに再会しただけの幼馴染《おさななじみ》に、住居のことまでとやかく言われるのはあまり気分のいいものではない。

「駅から遠い分家賃が安いし、助かってるの！　それに女の人も住んでるよ。見かけたから」

ムッとして少し語気を強めて言うと、私は彼と運転手の佐野さんに向き直り、ぺこっとお辞儀《じぎ》をした。

「送っていただいて助かりました。それと彰くん、雇ってくれて本当にありがとう。精一杯、バリスタとして務めさせていただきます」

丁寧な言葉遣いで改めてそう言ったが、多分あまりいい態度ではなかっただろう。彼の無言が少し怖い。眉間の皺《しわ》が、今ので余計にくっきりと刻まれた。

……しまった。怒らせた。

「じゃあ」

逃げるように踵《きびす》を返してアパートの階段へ向かおうとした。けれど手首をうしろからつかまれて引き留められる。

「茉奈」

手を引かれ、名前を呼ばれて反射的に振り向く。

すると目の前に彰くんの胸元があって、思っていたより間近に彼が立っていたことに驚いた。

手首をつかまれたまま、徐々に視線を上げる。どうしてだか、彰くんはひどく真剣な目で私を見下ろしていて、彼の視線に容易《たやす》く捉《とら》われてしまう。

「あ、の……」

「今日は会えてよかった」

さらりとそんな言葉を吐きながら、彼の指が私の頬に触れた。どくん、と心臓が跳ねる。

……お、怒ってるんじゃなかったの？

混乱した。こんな触れ方を、違和感なく受け入れるような仲ではない。

けれど彼はおかまいなしに親指で頬を撫《な》でてきて、私は固まってしまって動けなかった。

彼が当然のように顔を近づけてくる。キスするつもりだと気づいた時には、さすがに手が動いた。

「やっ、なんでっ……！」

空《あ》いていた左手が、とっさに彼の頬めがけて飛んでいく。けれどその手も呆気なく捕まって、そうなったらもう、びくともしなかった。

それでも抵抗しようと首を竦《すく》める。だけど両腕をぐっと引かれて、抵抗などなんの意味も成さなかった。

どうして、なんで、と頭の中で繰り返しながら、ぎゅっと目を瞑《つぶ》る。

ふっと唇に吐息が触れて、それだけですぐそこまで彼の唇が迫っているのがわかった。

唇を強く結んで、泣き出しそうになるのをこらえる。

そうやって口を頑《かたく》なに閉ざして、そのまま数秒が経過した。いつまで経っても、触れてくる気配がない……と思ったら、額《ひたい》をこつんとぶつけられた。

驚いて目を開くと、彼の黒い瞳がすぐ目の前で揺れている。

「いくら気が強くなったといっても、男の力にかかったらこんなものだ。人の忠告は素直に聞き入れろ」

「……え？」

「無防備だからこんな目に遭《あ》う」

その瞬間、柔らかく、少し湿ったものが触れたかと思ったら、そのまま唇を塞《ふさ》がれていた。

「んっ……う？」

舌で唇をなぞられ、ぞく、と身体の芯が疼《うず》くような感覚が全身を駆け抜けた。その感覚に怖気《おじけ》づき、思わず一歩あとずさる。

だが、彰くんも一歩踏み出し、私の身体をさらに引き寄せる。それと同時に、彼の舌が私の唇を割って固く噛み締めた歯を撫《な》でた。

逃がしてはもらえない。けれど激しいものでもない。

柔らかい舌に歯列をくすぐられ、私の身体からはとろけるように力が抜けていく。固く拒絶する私を少しずつ緩ませていくような、なだめるようなキスだった。

「んんっ……」

腰が甘く疼《うず》いて、身体が震える。

力の入らなくなった私に気づいたのか、彰くんは私の手首を離すと、その手で腰を抱き寄せた。身体が密着し、首がのけぞる。

息苦しかった。呼吸が辛く、我慢できずにキスの合間に息を吸い込んでしまう。

「ふあっ、……う、んんっ……」

その隙をついて、ぬるりと舌が口の中に入ってくる。私の舌は逃げるように奥へ引っ込もうとするけれど、彼の舌先が深く追いかけてきて絡め取られた。

――どうして？

ただただ混乱して、キスに抗《あらが》う余裕がなかった。どうして彼が私にキスをするのか、わからない。わからないまま、翻弄《ほんろう》される。

舌先が絡まり、混じり合った唾液で口の中がたっぷりと濡れていく。

舌でそっと上顎《うわあご》を撫《な》でられ、膝《ひざ》の力が抜けた。がくがくと膝《ひざ》が震えて崩《くず》れそうになる私を、彰くんの手がしっかりと支えてくれる。

頭の芯まで溶けそうになる寸前、舌先を吸い上げられて甘噛みされた。かと思うと、急に舌が引き抜かれ、最後にちゅっと唇を啄《ついば》まれる。離れていく唇を唾液の細い糸が繋いで、音もなく切れた。

「無防備だとこうなる、という忠告のつもりだったんだが」

くっ、と喉を鳴らすような笑い声がして、我に返った。

「は、離してっ！　ばか！」

どん、と彰くんの胸を押すと、さっきはびくともしなかった身体がたやすく離れる。

といっても、押した反動であとずさったのは私のほうで、彼は少し肩を揺らした程度だったけれど。

——私、夢中になりかけてた。

そう気がつくと、かあっと顔も身体も熱くなり、汗が滲《にじ》んだ。それを誤魔化《ごまか》すように彼を非難するが、声はどうしても震えてしまう。

「ちゅ……忠告のためにキスするなんて、最低っ！」

ひどい。最低だし、悪趣味だ。

こっちが必死で威嚇《いかく》しているというのに、彰くんは素知らぬ顔で腰をかがめ、なにかを拾い上げる。

「少しは警戒心持てよ。嫌いな男に触れられたくなかったら」

また一歩彼に近づかれ、身体が怯《おび》えたように硬くなる。が、なにかを差し出されて渋々片手を出すと、小さなビジューのついたヘアピンが手のひらにのせられた。

前髪を留めていたものだが、さっき彰くんを押した拍子に落ちてしまったらしい。

「どうした？　早く行かないとまた同じ目に遭《あ》うぞ」

そう脅《おど》されて、びくっと肩が跳ねた。

「か、帰る！」

ヘアピンを握りしめ、慌てて踵《きびす》を返して逃げるように階段へ向かう。いつもなら静かに上がるのに、気遣う余裕がなくてカンカンカンと大きな音を立ててしまった。

二階まで上《のぼ》り切った時、「茉奈」と名前を呼ばれ、顔だけそろりと振り向かせる。

彼はさっきと同じ場所で、こちらを見上げていた。

「おやすみ。戸締まりしろよ」

言われなくても、普段からちゃんとしてるし。それにあんなことをされれば、いつもより厳重にするほかない。

私はなにも答えず、ぷいっ、とそっぽを向いて小走りで玄関扉の前まで行くと、バッグから鍵を取り出して鍵穴に差し込んだ。

──手、震えてる。

悔しくて、唇を噛み締めながら急いで中に入り、しっかり鍵とチェーンの両方をかけた。

そのまましばらく耳をそばだてていると、外から微かに車のドアが閉まる音が聞こえてくる。それでようやく気が抜けて、私はへなへなとその場にへたり込んだ。

「……やっと帰った」

どっと疲れを感じた。

ひどい。いくらなんでもキスはやりすぎだ。

私が嫌々送られたことも、アパートをけなされて可愛げのない態度を取ってしまったことも、それら全部が気に入らなかったのだろうけれど、こんな脅《おど》し方はない。

私だって本当は、もうちょっと小綺麗《こぎれい》で、治安のよさそうなところにあるマンションを借りたかった。

けれど引っ越しを急いでいたし、経済的な面でも仕方のなかったことなのに、あんな風に言われたら情けなくなってしまう。

「……結局、彰くんはなんの話がしたかったのかな」

溜息とともに呟《つぶや》いて首を傾《かし》げた。

今日の会話を思い出してみたけれど、これといった話を振られた覚えはなく、ただ雑談して美味《おい》しいものを食べただけ。そして最後に……怒らせて、あんなキスをされてしまっただけだ。

思い出すと、にわかに頬が熱くなった。

その熱を振り払うようにぶるんと頭を振って、床に手をつき立ち上がろうとした。その時、指先にリノリウムの床材ではない、紙の感触が触れた。

「……あれ？」

たまに新聞受けから広告が差し入れられて、床に落ちていることがある。

だが、ただの広告にしてはしっかりとした、少し厚めの紙のようだった。暗くてよく見えなかったので、それを拾いながら立ち上がり、片手で壁にある照明のスイッチを入れる。

それは、黒い封筒だった。

靴《くつ》を脱いで部屋に上がりながら裏返してみるが、差し出し人が書かれていない。宛先もだ。

そもそも、郵便で届いたのなら、ここではなく一階にある集合ポストに届くはずだ。

——なんだろう。黒い封筒って、なんか不気味。

ぞく、と背筋が寒くなる感覚に襲われながら、ラグの上に座り封筒を開けた。

「……なに、これ」

中には、なにも書かれていない白の便箋《びんせん》が一枚、四角に折られて入っていただけだった。

＊＊＊

転職してから、約一ヶ月。梅雨《つゆ》独特の蒸し暑さがじわじわと体力を削《そ》ぐ季節だ。

十代の頃にはさほど気にならなかったが、二十代もなかばになると気候から来る身体へのストレスに、疲れを感じる時がある。

「梅雨《つゆ》の時季って、なんか身体重くない？」

レジに立ちながら、少しだけ背中をそらして軽く肩を回した。今日は客足が少なくて、そのせいか時間の経過がひどくゆっくりと感じられ、余計にだるい。

「そんなオバサンみたいなこと言わないでくださいよ……立河さん、もうすぐ王子が来られる頃じゃないですか」

香山さんが、店内のかけ時計を見て言った。

「そーだね……」

「王子、絶対立河さんに会うために来てますよね」

どうしてか、香山さんは嬉しそうだ。というより面白がっているのかもしれない。

あれから、彰くんは毎日店を訪れるようになった。

まず、ランチにはテイクアウトでコーヒーと、シリアルバーやサンドイッチなどを買いにくる。

夕方は、毎日ではないけれど店内でカフェラテを飲む。座るテーブルは決まって、窓際の一番端だ。仕事上がりの時もあれば、残業前に休憩がてら訪れる時もある。

そして仕事上がりの場合、食事の誘いをされることが多い。

はっきり言って、なにがしたいのか全然わからない。

店としてはいいお客さんに違いないのだが、再会直後にあんなキスをされた私は、最初は頑《かたく》なに彼を拒絶していた。

けれど、あれきりなにかされることもなく、私が食事の誘いを断れば、ただまっすぐ家に送り届けるだけの日が何度か続き……

さすがに心苦しく思いはじめた私は、ついに心折れて先日二度目の食事に応じたばかりだった。

「あ、いらっしゃいませ、柏木専務」

香山さんの声と同時に入口に目をやれば、ガラスの自動ドアから彰くんが入ってくるところだった。

「いらっしゃいませ」

「茉奈、カフェラテひとつ」

彼が名指しで、しかも下の名前で私を呼ぶ。

そのたびに、店内からちらちらと痛い視線が飛んでくることに、彼が気づいていないはずはない。間違いなくわざとだと思っている。

「かしこまりました」

オーダーはいつもカフェラテだ。こうして私に声をかけてから、彼はいつもの窓際のテーブル席に向かう。

「立河さんお願いしまーす」

「……なんでいっつも私なの」

「だってご指名ですし。ラテアートできるの、立河さんだけですし」

にやにやと香山さんが笑う。

私は、はあっと溜息をついて、保温器の中からカップをひとつ手に取った。

用意したカフェラテをトレーにのせ、彼のいる窓際のテーブル席に近づく。今日は昼からずっと雨で、無数の水滴が窓ガラスを上から下へと伝《つた》って落ちている。

長い脚を組み、窓の外を見ていた彰くんが、私を見て優しく笑う。

絶対、作り笑いだ。人前だと彼は、わざとらしいくらいに甘い表情で私を見る。

「お待たせいたしました」

銀のトレーからカフェラテのカップを持ち上げ、彼の前に置いた。

この瞬間がちょっとドキドキする。彰くんは、いつもラテアートを楽しみにしているようで、私もなかなか気が抜けないのだ。

「へえ、懐《なつ》かしいな」

定番のアートはネタが尽きてきたので、今日はキャラクターものに挑戦した。私たちが子供の頃から人気の、絵本のクマのキャラクターだ。彰くんにはどう考えても似合わない。

「男の人にはどうかと思ったけど、ネタも尽きてしまったので。次は希望を言ってくだされればその通りに作りますよ」

彼はなにも答えず、スチームミルクで描かれたクマのアートをしばらく眺めてから、カップに口をつけた。

「なんでもできるのか？」

「なんでも、とはいかないかもしれないけど……修業になるかなと思って。将来自分のカフェを持つのが夢だから」

はっきり言って不器用な部類に入る私は、一番基本的な形が描けるようになるまでとても時間がかかった。だからこそ、初めて綺麗《きれい》なリーフ柄ができた時は本当に嬉しかった。いつかカフェを開く時には、このラテアートを武器にしたいと思っている。

「……雨、上がったな」

彰くんの言葉に、外を見た。

窓ガラスを叩いていた雨の音が消えて、雫《しずく》が陽の光にきらきらと輝いている。通り過ぎる人たちも、立ち止まって傘を畳みはじめていた。

あと少しで、今日の仕事は終わりだ。帰り道に傘を差さずにすむのは、楽でいい。

「梅雨《つゆ》も終わりかな」

この雨が上がったら梅雨《つゆ》明け宣言が出るだろうと、今朝の天気予報で言っていた。これから暑い夏がやってくるのかと思うと、少々うんざりする。

「今日のシフトは？　何時まで？」

「六時だけど……」

時計を見れば、ちょうど六時を指していた。

「送る。食事に行こう」

こう言われたら、もう逃げられない。最近は断る口実を探すことにも疲れてきていた。

「……わかりました。タイムカード押して、荷物取って来ます」

そう言って、彰くんの傍《そば》を離れる。その時近くのテーブルの女性客が、ヒソヒソと私のほうを見て噂話をしていた。気づかなかったフリをして通りすぎ、店長と香山さんに声をかける。

「香山さん、店長。すみません。六時になりましたので上がりますね」

そのまま店の奥の休憩室に荷物を取りに行こうとしたのだが、香山さんに引き留められた。

「立河さん、どうしましょう」

「なに？　どうかした？」

「さっき、多分K&Vホールディングスの社員さんだと思うんですけど、聞かれたんです。立河さんと柏木さんのこと」

「えっ」

さっき、テーブル席にいた女性たちだろうか。

彰くんがたびたび誘いに来ることで、他人の興味を引いていることには気づいていたけど、わざわざ確認しにくる人までいるとは。

「どういう関係なのかって。そういう時、なんて答えたらいいですか？　下手なこと言うと、やっかみとか恨《うら》みとか買っちゃいそうですよね」

「下手もなにも、彼とはなんでもないから！　ただの幼馴染《おさななじみ》ですって言ってね！」

「えー、でもなんか、恋人ですって言っちゃいたいくらい、柏木さん足繁く通ってるじゃないですか。絶対、特別な目で見てるっていうかぁ」

「ないから！　ほんとに！」

冗談じゃない！　悪目立ちしているとは思っていたけれど、このままでは本当に変な噂が立ってしまいそうだ。

これは、彰くんにはっきりと言わなければ。

香山さんには、もう一度「なんでもないから」と念押しをして、休憩室へ荷物を取りに行く。戻ると、彰くんはすでに席を立っていて、出入口の前で待っていた。

「茉奈」

私の姿を見て、彼が呼んだ。おいで、とでも言うように私に向かって手を差し伸べる。

私は、うっと言葉に詰まった。これでは本当に、恋人同士のように見えてしまうのではないだろうか。

「……店長、お疲れ様です」

「はい、お疲れ様」

店長までもが、にやにやと口元に笑みを浮かべている。

顔から火を噴《ふ》く思いで、私は彰くんの横を通り過ぎ、出入口に向かおうとした。

「茉奈、ちょっと待て」

「えっ？」

振り向くと、すぐうしろに彰くんがいた。言われるままについ足が止まる。

「髪がほどけてる」

言いながら、彰くんの指が私に向かって伸びてくる。

髪の上を、指が滑《すべ》る感触が伝わる。指はそのまま耳の上をたどり、うしろへと流された。

うしろで編み込んでひとつにまとめていた髪がひと房、零《こぼ》れかけていたらしい。それを耳にかけてくれたのだと気づいたけれど、固まって身動きひとつできなかった。

「……これでいいな」

そう言った彼の微笑みは、とても優しげで慈愛すら感じる。

噂話をしていたテーブル席の女性たちが、またコソコソと話しながらこちらを見ていた。かあっと顔に熱が集まっていくのが、自分でもわかる。あまりの恥ずかしさに、泣きたくなった。

「あ、彰くん！　早く行こう！」

これでは見世物《みせもの》だ。いつまでもここにいては余計に人目に晒《さら》されてしまう。

私は慌てて彼のスーツの袖《そで》を握って、無理やりに店から引っ張り出した。

高級料亭やフレンチ、イタリアン……彼が候補に挙げる飲食店は堅苦しいところばかりで、私みたいな庶民では気後《きおく》れしてしまう。

正直にそう言って、今日は普通の居酒屋にしてもらった。小さな個室の中は掘りごたつのようになっていて、脚をテーブルの下で楽に投げ出せる。

「彰くん……お願いだから、ほんっとにやめて、ああいうの」

テーブルには彰くんの生ビールと私のカシスチューハイ、豆腐サラダに明太オムレツ、鶏《とり》のから揚げと揚げ出し豆腐が並んでいる。

ああ、やっぱりこういうのがほっとする。彰くんは嫌がるかと思っていたけれど、そうでもなさそうで、普通に料理に箸《はし》を伸ばしていた。

「聞いてる？　彰くん！」

私の主張などどこ吹く風。黙々と食事を続ける彰くんに、私はちょっと語気を強くした。ところが彼はわざとらしく惚《とぼ》けた顔だ。

「なんのことだ？」

「だから……あんな風に、しょっちゅうお店に来て声をかけられたら困る。変な噂になりかけてるんだよ？　彰くんだって困るでしょ？」

「別に俺は困らない。言わせておけばいいだろう」

しれっとそう言い捨て、彼は生ビールを呷《あお》る。

「私は困る。だからお店に来るのはちょっと控えて。来てもいいけど、私を名指ししたり、とにかく目立つことしたりしないで。できないなら来ないで」

きっぱり言うと、彼は微かに眉を顰《ひそ》めた。溜息をつきながら箸《はし》を置いて腕を組み、横目で私を見る。

「茉奈」

「な、なによ？」

「俺は忙しい」

「は？」

たった一言の返事は、さっきの私の言葉とはつながらないように思え、つい間抜けな声を出してしまう。

忙しいなら、私になんてかまわなければいいではないか、と思うのだが、彼が言いたいのはそういうことではないらしい。

「大学を卒業してからはずっと海外勤務だったし、日本に戻って来てまだ間がない。学生の頃の友人とも疎遠《そえん》になったし、新たに友人関係を作る暇もない」

「あ、あー……なるほど、そういう……」

「食事にくらい付き合え」

俺様っ！

頼む立場なのに、どうしてそんなに上から目線なんだろう。

それに、確かに幼馴染《おさななじみ》かもしれないが、私たちの仲は決してよくなかった。同じ幼馴染《おさななじみ》なら、もっと仲のいい相手がいるだろう。

「私より、颯太くんと行けば？」

彼のほうが、どう考えても適任だ。

「あいつは美容師だろ。休みも仕事が終わる時間も合わない」

それは確かにその通りだった。颯太くんとは、私もあれから連絡を取れていない。そうなると、やっぱり私の代打案はボツにするしかなさそうで……。

「じゃあ、せめてあれはやめてほしい」

「なんのことだ？」

「すごく親しそうに名前で呼んだり……さ、さっきみたいな。髪を触ったりとか！　どう考えたって誤解されるから」

私としては、かなり譲歩した。思い出しただけで恥ずかしくて泣きたくなる。なのに返ってきたのは、冷たい一言だった。

「無理だな」

「なっ、なんでよ！」

理不尽だし、直球にもほどがある。

「半泣きの顔とか、困った顔とか見てると面白いから」

まさしく『いじめっ子』そのものの発言だった。

呆気に取られて見つめていると、彼はいっそう意地悪に笑って私の顔を覗《のぞ》き込む。

「子供の頃みたいに泣かせたくなる。お前見てると」

真剣に話をしているというのに、こちらのトラウマを抉《えぐ》ってくるようなその発言に、腸《はらわた》が煮えくり返るくらい腹が立った。

彰くん、全然変わってない！　ちょっとは大人になっただろうかと思ったけれど、子供の頃からなんら成長していない！

「おあいにく！　もう子供じゃないんだし」

「へえ」

「まして、からかわれてるってわかってて、彰くんの前でなんて絶対泣かないから！」

私が怒ってチューハイを一息に呷《あお》るのを、やっぱり彼は面白そうに眺めていた。

「いいかげんに機嫌を直せ」

佐野さんの運転はいつも丁寧で乗り心地がよく、安心していられる。

だけど私は今、最高に腹を立てていて、居酒屋を出てから彰くんと一言も口を利いていない。

仏頂面《ぶっちょうづら》で窓の外だけを見てひたすら彼を無視していると、やがて私のアパートの前に着く。

「ありがとうございます。いつもすみません、佐野さん」

後部座席のドアを開けてくれた佐野さんに、にっこり笑ってお礼を言う。車から降りて彰くんを振り向いた時には、わざと無表情を浮かべた。

「じゃあ、ここで。いつもご馳走《ちそう》様です、柏木専務」

よそよそしくお辞儀《じぎ》をすると、彼は苦笑いを浮かべている。そういうところも、余裕ぶっていて腹立たしい。

「茉奈」

「おやすみなさい」

名前を呼ばれたが、ぷいっと背を向けた。小走りでアパートに近寄り、集合ポストの中を確認してから二階への階段を駆け上がる。

まだ、彰くんの車が走り去る音はしない。

私を怒らせたことを気にしているのだろうか？　それならそれで、ちょっとは反省したらいいと思う。

二階へ上がり、共用通路の先、私の部屋の前に目を向けた。

「え……？」

ぎくりとして足が止まる。ドアの前に、誰かが立っていたからだ。シルエットから男の人だとわかるけれど、薄暗くてはっきりとは見えない。

「……どなた、ですか？」

家の前に立たれるなんて、不気味で声が震えた。私の声に反応して、その人物がこちらを向く。共用灯が逆光になって、顔がわからない。わからないけれど、ぞわっと鳥肌が全身を覆《おお》った。

顔は見えずとも、その立ち姿、輪郭《りんかく》に見覚えがあり、よく知る人物を頭の中に浮かび上がらせた。

……田所さん？　まさか。新しい住所は知らないはずなのに。

「茉奈ちゃん？　会いたかった」

ひゅっと息を呑む。その声は、やっぱり前の店のマスターのものだった。

「ど、どうしてここに……」

彼に知られるのが怖くて、一緒に働いていた仲間にも住所は知らせていない。心配をかけては申し訳ないから、元気にしているとだけ連絡を入れたけれど。

「どうしてって？　会いたくて調べたんだよ」

田所さんが一歩近づいてきて、思わずあとずさる。彼が二歩、三歩と足を進め、顔がはっきりと見えた。

彼は穏やかに笑っていて、それがいっそう恐怖心を煽《あお》る。

――逃げなきゃ！

男の人に追いかけられては、逃げたところですぐに捕まる。けれど、理屈じゃなかった。

身体がとっさに逃げることを選択し、くるりと踵《きびす》を返して今上《のぼ》ってきたばかりの階段へ向かう。

「茉奈ちゃん！　待って……」

背後から田所さんの声が追って来る。

待つわけがない。振り返りもせず階段を駆け下りようとした。すると、ちょうど上がってきた人に思い切りぶつかってしまった。

「きゃっ！」

「……っと」

彰くんだった。どうしてかわからないけど、私を追って来てくれていたのだ。

彼はぶつかった衝撃でよろめきかけたが、私を片腕で抱きとめ、もう片方の手で手すりをつかんで耐える。

「茉奈？　一体なにが……」

「あ、彰くんっ……」

力強い腕に抱きとめられて、少しほっとしたら身体がカタカタと震えだした。

そんな私を見て、彰くんが眉を顰《ひそ》める。

その時、うしろから慌ただしい足音がして、びくっ、と身体が跳ねた。

とっさに彰くんの上着を強く握りしめていると、私たちの真横をすり抜け、逃げるように人が駆け下りていく。

そのうしろ姿を彰くんの陰から確認する。間違いなく田所さんだった。

「……茉奈。今の男は？」

「あ……」

身体の力が抜けて、うまく頭が回らない。

怖かった、本当に怖かった。あんなに、お付き合いはできませんって言ったのにわかってくれなくて、仕方なくお店を辞めて引っ越しまでしたのに。まさかこんなところまで追いかけて来られるとは思わなかった。

「茉奈？」

名前を呼ばれて、彰くんを見上げた。答えなければと思うのに、動揺してうまく言葉が出ない。すると、彼がきゅっと眉を顰《ひそ》め……いきなり強く私を抱きしめた。

……えっ？

驚いて身を硬くする。そんな私をなだめるように、彼の手は優しく頭を撫《な》でてきた。

「……大丈夫だ」

抱きしめられていると、服越しに体温が伝わってきて、それが私の心を安心させてくれたのだろうか。ゆるゆると気が抜けて、涙が出そうになる。

それを、きゅっと唇を噛んで耐えた。

幼馴染《おさななじみ》とはいえ、そんな風にすがって甘えていい相手ではない。

「……ごめんなさい、大丈夫」

「茉奈？」

「今の人、前の店のマスターで……びっくりした。家教えてないのに……」

狼狽《うろた》えてしまい、ろくな説明になっていない。彰くんは私が前の店を辞めた経緯など、詳しくは知らないはずだ。

けれど察してくれたのか、彼の顔がみるみる険しくなり、最後には舌打ちまで聞こえる。

「しまった。捕まえとくべきだったな」

「ダメ。なんか、ちょっと異様な雰囲気だった」

田所さんの仄暗《ほのぐら》い微笑みを思い出し、またぞくりと背筋が寒くなる。捕まえようと迂《う》闊《かつ》に手を出せば、なにをするかわからないような危うさを感じた。

どうしよう、家を知られた。また引っ越しをする余裕は、もうない。

だったら、自衛するしかない。そう思うと、怖いことは怖いけれど、しっかりしなければと少し落ち着きが戻った。

「ごめん、びっくりさせて。もう大丈夫だから」

「大丈夫なわけないだろう」

私はなにも言わず彰くんの腕の中から離れて自分の足でしっかり立つと、階段をふたたび二階へ上がりはじめた。さすがに心配してくれているのか、彼もうしろをついてくる。

「このアパートは出たほうがいい」

「そんなこと言ったって、もう一度引っ越しなんてできないよ」

貯金はまだあるけれど、将来のカフェのために貯めているお金だ。

それに、セキュリティがしっかりしているような綺麗《きれい》なマンションは家賃が高くなる。そうしたら、毎月のやりくりに手一杯で、貯金どころではなくなってしまう。

部屋の前まで来て、バッグから鍵を出す。

そういえば、田所さんはここでなにをしていたのだろう？　私が帰るのを待っていただけだろうか？

そう考えた時、反射的に玄関ドアの新聞受けに目がいった。そこに中途半端に差し込まれていたものを見て、ぎくりと肩が揺れる。

「……また、これ」

黒い封筒。最初に入れられてから、これで三度目だった。

一度目と二度目の中身は、ともに真っ白のなにも書かれていない便箋《びんせん》のみだった。ただの悪戯《いたずら》にしては不気味すぎて、とはいえこれといって対策のしようがなく、気にしないようにしていたけれど……このタイミングでこれがあるとなると、十中八九、差出人は田所さんではないのか。

封筒を引き抜こうとするが、手が震えている。それを不審に思ったのか、彰くんが背後から手を伸ばし、さっさと封筒を抜き取ってしまった。

「あっ！」

「またって？　どういうことだ」

封筒の裏と表になにも書かれていないのを確認したあと、彼はおかまいなしにそれを開ける。

いつものように封はされていなかったようだ。

「……これ、三度目なの。中はなにも書いてない便箋《びんせん》が入ってるだけで……ただの悪戯《いたずら》だと思うんだけど」

観念して正直にそう言った。

中を確認したあと、彰くんの表情がまた険しくなり、不安を覚えた私は封筒の中身を覗《のぞ》き込もうとした。

けれど彼はその封筒を私には返さずに、スーツの内ポケットに入れてしまう。それからスマートフォンを取り出し、どこかに電話をかけはじめた。

「彰くん？」

「佐野。少し時間がかかるから、どこか邪魔にならないところに車を動かしとけ。用意ができたらまた連絡する」

通話先は、運転手の佐野さんのようだ。

「茉奈、早く開けろ」

「えっ？」

「鍵、早く。荷物まとめるぞ。最低限のものだけでいい」

その言葉で、彼がなにをしようとしているのかわかった私は、鍵を握りしめたまま戸惑った。

「でも、行くとこなんて他にどこにも……」

ぐずぐずと動こうとしない私の手から鍵を奪って、彼が玄関扉を開けた。

私よりも先にさっさと中に入る彼を、慌てて追いかける。

「しばらく泊まれるところを用意してやる。お前、ここにいて本当に平気なのか」

入ってすぐ、彰くんが私のほうを振り向いた。ひどく険しい顔で私を見下ろしている。

至近距離に立つと、身長差が際立って彼がとても大きく見えた。

「ちょっとした騒ぎになったのに、近所の誰も出てこない。もしなにかあって悲鳴を上げたって、この調子じゃ誰も助けになんか来ないだろ。本当は怖くて今にも泣きそうなくせに、少しは素直に言うことを聞いたらどうだ」

彼が手を伸ばし、急に私の頬に触れた。

大きな手だった。親指が頬を撫《な》で、他の指が首筋をくすぐる。目はどう見ても怒っているのに、私に触れるその手はどういうわけか、とても優しい。

「あの男に泣かされるのと、俺に泣かされるのとどっちがいい。選ぶまでもないよな？」

頬に触れた手が温かくて、私はなかば脅《おど》しのようなセリフに安堵《あんど》してしまった。

それからすぐに、最低限の着替えや貴重品などを旅行用のバッグにまとめ、ふたたび彰くんの車に乗った。

なんだかどっと疲れてしまって、行き先を尋ねることすらうっかり忘れていた。

ただ無言で窓の外をぼんやりと眺めていて、車が一般道からどこかの敷地に入ったのに気がつき我に返った。

窓に顔を近づけて外をよく確認すると、綺麗《きれい》な高層ビルのエントランス前に車が停車する。

「えっ、こ、ここ？」

「そうだ」

彰くんは事もなげに言うと、速《すみ》やかに車を降りる。ここがどこなのか、問う暇もない。私も慌てて彼に続くと、佐野さんがトランクから私のキャリーバッグを出してくれていた。

「お運びいたしますか？」

「いい。俺が運ぶから、佐野ももう上がってくれ」

「かしこまりました」

一礼している佐野さんを置いて、彰くんは歩き出す。私も佐野さんに深くお辞儀《じぎ》をして、早歩きで彼のあとを追った。

エントランスロビーは、ホテルのように広くて煌《きら》びやかだった。だけど、ホテルと言うには少し違和感がある。

人の気配が少ない。こんなに大きな建物なのに、従業員らしき人も、カウンターのところにふたりいるだけだ。

その前を通る時、彼らが小さく一礼して言った。

「柏木様、おかえりなさいませ」

――おかえりなさいませ？

状況がわからずおどおどしていると、彰くんが思いついたように「そうだ」と言って立ち止まる。

「彼女、しばらくここに住むから」

「かしこまりました」

「茉奈、彼らはここのコンシェルジュだ。なにか困ったことがあれば頼ったらいい」

「えっ、わ、わかった……立河茉奈です、よろしくお願いいたします」

わかった、とは言ったものの、全然わからない。けれど紹介されたのだから挨拶《あいさつ》しないわけにもいかず、慌ててお辞儀《じぎ》をする。

するとふたりも優しく笑い「立河様、どうぞよろしくお願いいたします」と、深々と頭を下げてくれた。

彼らが頭を上げる前に、彰くんはすたすたと奥へ進んでいってしまう。

「あ、彰くんっ、待って」

ロビーの奥にあったエレベーターに乗り、彰くんが押したのは三十階のボタン。

三十階……高い。ちょっと怖い。地震が来たら結構揺れるんじゃないだろうか。

「ここってもしかして、彰くんが住んでるマンション？」

「そうだ」

ゆっくりとエレベーターがスピードを落とす感覚がして、ポンッ、と軽やかな電子音が鳴る。

三十階に着くまでの時間は案外短かった。

さっさと降りた彰くんに、目を白黒させながらあとに続く。身体はついて行くけれど、頭が状況について行かず、理解が追いつかない。

柔らかい絨毯《じゅうたん》の敷かれた通路の突き当たり。そこが彼の部屋のようだった。

「入れ」と促《うなが》され、足を踏み入れた部屋は、まるで雑誌に載っているモデルルームのような、洗練された空間だった。

ぽかんとして、部屋中を見回す。マンションなのに天井が高く、窓の外に広がる夜景は、どこかの展望台から見る景色みたいだ。

ここまで来て、やっと頭がまわりはじめる。

「えっ!? 私もここに住むってこと!?」

さっき、コンシェルジュに紹介された時に彰くんが言ったのは、つまりここで一緒に住むということだったのだと、今やっと理解した。

「今さら。さっきからずっとそう言ってるだろう」

ひょいっと肩を竦《すく》めて惚《とぼ》けた顔が、すごく白々しく見える。

私がここに来るまで状況を理解していなかったことに、彰くんは絶対気がついていたはずだ。

「言ってないよ! しばらく泊まれるところを用意してやるって言ったから……」

だからてっきり、ビジネスホテルかどこかに連れていってくれるものと思っていたのだ。

出費は痛いが、あのアパートにいるよりはいいと思い、素直に応じただけ。彰くんのマンションに連行されるとわかっていたら、絶対ついて来ていない。

「なにも嘘は言ってない。ふたりでも十分暮らせる広さはあるだろう。問題ない」

「問題だらけだよ！」

私の言葉など、ろくに聞いていない。

彰くんはキャリーバッグをソファのすぐ傍《そば》に置いた。大きなL字型の、柔らかそうなソファだ。そこに彼はどっかと腰を下ろして脚を組む。

「なにが問題だ？　もちろん、茉奈から生活費をもらうつもりもないし」

うっ。それは確かに、嬉しい提案だ。

「セキュリティもこれ以上ないくらい万全だ」

その点についても、あのアパートとは比ぶべくもない。

「佐野もこのマンションの別の階に住んでいるから、呼べばいつでも車を出すように伝えておく」

「出かける時くらい、自分で行くよ……。確かに私にはすごく助かる提案だけど、彰くんにとっては……ほら、他人と住むのって嫌じゃないの？」

彰くんと同居するくらいなら、お金はかかってもビジネスホテルのほうが気を使わなくていい。だからなんとか、彰くんにとってマイナスになる要素を探そうとしたのだけれど……

「俺は気にしない」

「や、でも、やっぱり悪いし……」

「そんなに気になるなら、飯でも作ってくれたらいい。外食が多くて自炊はしないし、面倒でどうしても不規則になるから」

「そ、れは……料理くらいはできるけど」

「だったら俺は問題ない。茉奈にとってもいい提案だろう」

本当に、この状況で納得していいのだろうか？

躊躇《ためら》いはあるけれど、いいことずくめなのは確かだった。

ビジネスホテルに泊まれば日が経つほどに費用がかさむ。けれどあのアパートにいつ戻れるかはわからないし、むしろ戻らないほうがいいのかもしれない。

ぐらぐらと気持ちが揺れる。いや、だけどやっぱり、簡単に気を許していいはずはない。

「……幼馴染《おさななじみ》、っていっても、一応、私は女だし」

そして、彰くんは男の人だ。

恋人でもないのに一緒に住むなんて、軽率すぎやしないだろうか。

躊躇《ためら》って当然だと思うのだが、私の言葉に彰くんは目を細めた。

「へえ」

「な、なに？」

ソファから立ち上がり、私に近づいてくる。あとずさりするより早く距離を詰められ、すぐ間近から彼が私の顔を覗《のぞ》き込んだ。

その距離感で思い出したのは、あの日のキスだった。にわかに唇の感触が思い出され、耳まで熱くなる。

「茉奈が俺を意識しているとは思わなかったな」

「ちっ！　ちが、意識なんか……っ」

「なにが違う？」

そうだ、なにも違わない。

だけど、意識させているのは彰くんのほうだ。あんなキスをされてそれを思い出させられて、どうして意識せずにいられるだろう？

慌てふためく私と違い、彼はいたって余裕の微笑みだ。

軽くネクタイを緩めた姿はやけに色っぽく、至近距離で見つめられれば痛いくらいに鼓動《こどう》が速くなる。

男の人に色気を感じたのは、初めてだった。

「……真っ赤」

急に手が伸びてきて、とっさに強く目を瞑《つぶ》る。すると、ぽんっと軽く頭を撫《な》でられ——

ただそれだけだった。そろりと目を開ければ、彼はもう私に背を向けていて、ふたたびソファに腰を下ろす。

またしても私はからかわれたらしい。

「寝室は茉奈が使えばいい。俺はゲストルームを使うから問題ない」

「えっ」

「ゲストルームは普段使うことがないから荷物置き場になってて、仕事関係のものがある。だから茉奈には寝室を使ってもらったほうが助かる」

つまり、寝室は別にしてくれる、ということか。

食事を作れば、ここに置かせてもらっているお礼にはなるらしい。

駅から遠く離れていたあのアパートより通勤にも便利そうで、安全。なにより、家賃がかからない。

頭も身体もすっかり疲れきっていた私は、並べられた美味《おい》しいエサにぐらぐらと心を揺さぶられ、ついに食いついてしまった。

「……じゃあ。とりあえず、しばらくの間、お世話になります」

頭を下げると、彰くんが満足げに微笑みうなずいた。

「気は使わなくていい。俺も使わないから。怖い思いをしたんだから、今日はゆっくり寝ろよ」

さすがに今日はもうこれ以上、意地悪なことを言うつもりはないらしい。

「ありがとう。本当に……助かりました」

これから宿を探すなんてできないし、もしひとりだったら、きっと今頃、私はあのアパートで眠れない夜を過ごしていただろう。

今はここでお世話になるより他はない。次の引っ越しの目途が立つまでここに置かせてもらおう。

そう決断したのだけれど、それを後悔するのは、翌朝目が覚めていきなりのことだった。

＊＊＊

ふかふかのベッドは、驚くほど寝心地がよかった。こんなに心地よいマットレスは初めてだ。

おかげさまで、昨夜はベッドに入って目を閉じたあと、すぐに熟睡してしまった。

マットレスだけじゃない。かけ布団もふんわりと柔らかく、体温を閉じ込めてちょうどよい温かさだった。

そう、まるで人肌のような……

『ピピ、ピピ、ピピ』とアラームが鳴っている。

聞きなれた音。私のスマホのアラームだ。

目を開けると、視界に入ってきたのは見慣れない部屋。だけど昨夜の出来事をすぐに思い出して、狼狽《うろた》えたりはしなかった。

「……起きなきゃ」

起き上がりたくないくらいに、ベッドの中は至福の空間だった。

いや、それにしても身体が重すぎる。

違和感の正体を探っているうちに、徐々に頭がすっきりと覚めてきた。私のお腹に、なにか絡みついているものがある。これのせいで、重いのだと気づいた時――

「ん……まだ早いだろ」

すぐうしろで、やけに艶《つや》っぽくかすれた男の声がしたかと思うと、私のお腹にまわされていた腕に力が込められ、ぎゅうっと抱き竦《すく》められた。

「え、な、な、なんっ……」

さっきまで心地よいベッドだとくつろいでいたはずの身体が、ぴきっと硬くなる。

うなじのすぐ傍《そば》で息遣いを感じ、それがくすぐったくてたまらない。

「ちょっ……あ、彰くんっ……？」

どうして？　なんで同じベッドに!?

彼はゲストルームで寝ると言ったはずじゃなかったか。

確かに夕べ、ベッドに入った時は私ひとりだったのに、どういうわけか今、私は真うしろから彰くんに抱きしめられていた。

『ピピ、ピピ』と、まだアラームは鳴り続けている。

どこだ、私のスマホは。枕元に置いて寝ていたはずなのに、見当たらない。

だけど音が止まった。彼が片腕だけ伸ばして、サイドテーブルの上にあったらしい私のスマホを手に取り、勝手に止めてしまったのだ。

そしてあろうことか、ふたたび両手でがっしり私に絡みつき、二度寝の体勢に入ってしまった。

「ダ、ダメだってば、離してっ」

じたばたと両腕を動かしてもがいたが、お腹の前でしっかりと交差された腕は緩まない。

「起きなきゃってば、ねえ！」

少し強めに声をかけても、効果なし。それどころか唇が耳のすぐ傍《そば》に寄せられ、息がかかってぞくりとする。

「ひゃっ?」

「もうちょっと、静かに寝てろよ……」

彼がささやいた。もしかするとまだ寝ぼけていて、恋人か誰かと間違えているのかもしれない。

「彰くんっ、お願い起きてってば……っ」

恥ずかしい。身体が熱い。

ぎゅうっと目を閉じて、お腹に絡む彼の腕を引きはがそうと四苦八苦する。けれど、びくともしなかった。

それどころか、うなじに柔らかく濡れたものが触れる。

「ひゃあっ?」

キスをされた、と気づいた時には、私の頭の中はもうパニックだった。まるで、愛し合った翌朝の恋人のごとくうなじへのキスは続き、私はあと少しで泣いてしまう、というところだった。

『ピピピピピピ』と、私のアラームよりもけたたましい音が聞こえて、それを合図にキスがやんだ。かわりに、ふうっと溜息が首筋に触れる。

「ちっ……時間切れだ」

そして彰くんは、「もう起きなきゃな」と呟《つぶや》いた。

私が散々そう言った時はまったく起きようとしなかったくせに、ようやくのっそりと起き上がる。

彼はベッドサイドのテーブルにもう一度手を伸ばし、今度は自分のスマホを取った。

さっきと同じように、すいすいっと指を滑《すべ》らせてアラームを止める。

「あー……だる」

ベッドにまだ腰かけたまま、彰くんがけだるげに伸びをした。

私はそろりそろりと上半身を起こして、彼をぽかんと見つめる。

「茉奈？　今日も仕事だろ？　寝ぼけてないで起きろよ」

呆《ほう》けている私に、彰くんは何事もなかったかのように話しかけてくるのだが、突っ込みたいところがありすぎてなかなか言葉にならない。

別の部屋で寝ると言ったはずの彼がどうして同じベッドにいるのだとか、散々寝ぼけてうなじにキスしたくせに、自分のアラームが鳴った途端にぱっちり目が覚めるってどういうことだとか。なんであんなにぴったり密着して眠っていたんだ、とか。

いろいろあったけど、私の第一声はこれだった。

「なっ、なんで上半身裸なの⁉」

「なんでって、寝苦しいから」

がっしりとした肩、胸筋、上腕二頭筋、鎖骨。着やせするほうなのか、スーツ姿ではわからなかったが、ほどよく鍛《きた》えられた身体を惜しみなく私の前に晒《さら》している。

惜しんで！　昨日も言ったけど、これでも一応女だし、幼馴染《おさななじみ》だからってそこらへんは恥じらいがあるんだから！

「茉奈も、気を使わないで楽な格好で寝たらいい」

そう言って、彰くんはにやりと笑う。

「私はパジャマ着るから！」

当たり前だけど、念のためはっきりと宣言しておいた。

「っていうか、なんで一緒に寝て……ひゃあああなんでパンツ!?」

「お前、朝からうるさい」

ベッドから下り、すたすたと寝室の外に向かう彼が身につけていたのは、なんとパンツ一枚だけ。

せめて、下はパジャマのズボンをはいていてほしかった。

彰くんは、毎朝起き抜けにシャワーを浴びるのが習慣らしい。

朝のひと悶着《もんちゃく》にどっと疲れを感じたが、今日も仕事に行かねばならない。私は昨夜のうちに入浴させてもらったので、彼がシャワーを浴びている隙に、さっさとジーンズとブラウスに着替えた。

とにかく、ハプニングはあったにせよ、ここに置いてもらう以上果たさなければいけない務めがある。

脱衣所の外から、朝食はいるのかと尋ねたら、「食べる」と一言。キッチンに入る許可もいただき、まずは冷蔵庫の中身を確認した。

「……卵はない、かあ」

チーズやスモークサーモン、生ハムといった酒のつまみになるようなものしか見当たらない。

彼は外食ばかりで自炊しない、と言っていた。冷蔵庫内のラインナップがその言葉を裏づけている。

ご飯はない。けれど、戸棚で食パンを見つけた。朝は簡単にトーストだけ食べているのかもしれない。

野菜室にはトマトが一個、ころんと転がっている。大方、これもチーズやオリーブオイルと合わせて酒の肴《さかな》にした残りに違いない。それにしても、お洒落《しゃれ》な肴《さかな》だなと思う。

スモークサーモンや生ハムでサンドイッチにしたら贅沢《ぜいたく》すぎるかなあと少し気が引けたが、彰くんならきっと気にはしないだろう。

せめてもう一品、スープくらい作ろうかと思ったが、食材が見つからず断念する。

サンドイッチを皿に盛りつけたタイミングでリビングに入ってきた彰くんは、髪をきちんと整え、ワイシャツにネクタイも締めて身支度を終えていた。

ダイニングテーブルの上に並んだサンドイッチを見て、ちょっとだけ嬉しそうに顔を綻《ほころ》ばせる。

「美味《うま》そう」

「食材がほとんどなくて困った。料理作っていいなら、食材とか調味料もいくらか買っておいてもいい？」

「好きにすればいい」

ご機嫌な様子で椅子に座る彼に、ほっとする。

今のうちにご機嫌を取っておきたい。今朝のあんな行動は控えるよう、このあとクレームをつけさせてもらうつもりだからだ。

最初は寝ぼけているのかと思ったけれど、自分のアラームが鳴ってからのあの寝起きのよさ。それから考えても間違いなく、あれは寝ぼけたフリだったのだ。朝っぱらから私をからかって遊んだに違いない。

この先短い期間であっても、一緒に暮らすのならば、そこはきちんと反省して改めてもらわなければ、私も安心できない。

そしてなにより、ちゃんとパジャマを着てほしい。

そういったことを、食事をしながら切り出すつもりだ。

彼の前にホットコーヒーを運び、テーブルを挟んで向かい側に私も座る。コーヒーは普通のインスタントだ。それをひと口含んで、彼が言った。

「茉奈のカフェラテを家で飲もうと思ったら、どうしたらいい？　エスプレッソマシンを買えばいいのか？」

「え？」

「……インスタントはまずい。茉奈のラテが飲みたい」

カップに口をつけながら、彰くんが眉を顰《ひそ》める。

「……いろいろあるけど、スチームミルクが作れたらできるよ」

「わかった。カタログを取り寄せるから好きなのを選べ」

——いつまでここにいるかもわからないのに？

そう思いながらも、『茉奈のラテが飲みたい』なんて言われるとやはり嬉しい。

気づけば緩む口元にきゅっと力を入れながらうなずいていて、彰くんにクレームを入れるのをすっかり忘れてしまったのだった。

＊　＊　＊

彰くんとの同居生活は、思っていたよりひとりの時間が多かった。

彼は、実はとても忙しい人らしい。私の仕事が終わる時間に佐野さんがいつも車で迎えに来てくれるのだが、彰くんが一緒のことはなかった。

一緒に住みはじめて四日が過ぎたけれど、食事を作れと言った割には彰くんは会食だとかが続いて、まだ一度も夕食をともにしていない。

帰りも遅くて、私が眠ったあとからベッドに潜《もぐ》りこんで来るような生活だった。なので、朝目覚めると、毎日抱きつかれている。パジャマは着てくれるようになったけれど。

「お先に失礼します」

「お疲れ様」

店長に挨拶《あいさつ》をして店を出る。今日は土曜で、明日は休みだ。

このカフェはビジネス街にあり本社ビル併設だからか、会社が休みの日曜祝日は定休日なのが嬉しい。カフェの仕事で、日曜祝日を気兼ねなく休めるなんて初めてだ。

今日も彰くんは外食だろうか。でも、いまのところ携帯にも連絡はないし、念のため食材だけは買い足しておこう。佐野さんにスーパーに寄ってもらうようお願いすることにした。

カフェから大通り沿いに歩くと、すぐに黒い車が見える。

私の姿を確認した佐野さんが運転席から降りて、後部座席のドアの前で丁寧に一礼してくれた。

佐野さんにはいつもカフェから少し離れた場所で待ってもらっている。お店の目の前に、あの迫力ある黒塗りの高級車が停車していては、悪目立ちしてしまうからだ。

「立河様、お疲れ様でございます」

「佐野さんも、お疲れ様です」

もう少し砕けた感じで話してくれてもいいのだけれど……いや、それよりも、だ。彰くんとの仕事の合間を縫《ぬ》って私の送り迎えもしてくれているのだと思うと、本当に申し訳ない。

「いつもすみません……私、ひとりで帰れますので気を使わないでくださいね」

「専務から必ず送迎するようにと指示を受けておりますので……どうぞ」

佐野さんが穏やかに微笑んで、ドアを開けてくれる。

てっきり今日も私ひとりなのだろうと思っていたのだが、後部座席には彰くんが座っていた。

「わっ……彰くん。今日は早いの？」

「早く終わらせた。明日は休みだからな、少しはゆっくりしたい」

くあ、と彼が欠伸《あくび》を噛み殺したような声をもらした。目元にちょっと、疲れが見えるような気がする。

……毎日こんなに忙しそうなのに、以前はどうやって時間を作っていたんだろう。同居する前は、かなりの頻度で誘いに来ていたけれど。

「どうした？　早く乗れ」

「あ、……うん」

言われて、彼の隣に座る。ドアを閉めてくれた佐野さんが運転席に戻り、すぐに車は走り出した。ちら、と彰くんの横顔をうかがう。スーパーに寄りたいけれど、彼は疲れているようだから、一刻も早く家に帰りたいだろうか。

どうしようか迷っていると、すっと彼の瞳が動いて私を捉《とら》える。

「なんかあったのか」

「え」

「なにか言いたいことがありそうな顔だ」

「……ごめん。ご飯作るのに食材を買い足したいんだけど、スーパーに寄るのはしんどい？」

彰くんが早く帰りたいようだったら、今日は家にあるものでとりあえず作って、明日また買い物に行けばいいかなと思った。

「佐野、頼む」

「かしこまりました」

そう言って背もたれにくったりと身体を預ける彰くん。その疲れた様子には、やっぱり申し訳なくなるのだが、彼はちらりと私を見て口元を緩めた。

「なにを作ってくれるんだ？」

「まだ、考えてなくて。スーパーで食材買いながら決めようかなって……なにか食べたいものある？」

尋ねると、彰くんはちょっと考えるような仕草を見せる。

「俺も行く」

「え？」

「茉奈がなにを作れるのかも知らないからな。ついて行って一緒に決めようか」

今日の彰くんは疲れているからか、笑い方がどこか力の抜けた優しい印象だった。そんな表情で頭を撫《な》でられてしまっては……私の心臓が穏やかでなくなっても、仕方ないことだと思う。

それから十分ほどで、彰くんのマンションから一番近い高級スーパーに着く。

佐野さんは車に待機。私がカートを押しながら、彰くんが斜めうしろをついて歩き、気が向いたものを手に取っていた。

ぽい、とカゴの中に放り込まれたのは、なんだか高級そうなチーズだ。

「彰くんって、チーズ好き？」

「そうだな。酒飲む時は絶対必要」

マンションに初めて来た日の朝も、冷蔵庫にチーズが入っていたのを思い出す。これは覚えておかないといけない。

「じゃあ、夕食もチーズを使うやつのほうがいいかなあ」

さっき彰くんがチーズを手に取ったあたりの棚に視線を巡《めぐ》らせる。いろいろと種類が豊富に取り揃《そろ》えられているが、どこのスーパーでもよく見るピザやグラタンに使いやすそうなものをカゴに入れた。

「グラタンか？」

「それがいい？　パスタとかもできるよ。時間そんなにかからないし、お腹空《す》いてるでしょ？」

いつも外でどんなものを食べているのか、彰くんが連れて行ってくれる店を思い出せば大方の見当はつく。

あっさりとした和食のようなものがいいかと思うけれど、今日のところは時間優先で、身体によさそうなものは明日作ろうと考えた。

「パスタいいな」

「トマトも好きだよね？」

確かそれも、冷蔵庫にあった。

メニューが決まればあとは早い。店内を回りながら必要なものをカゴに入れていく。その間も、彰くんは酒のつまみやワイン、ビールなどポンポンと好きにカゴに入れるので、レジを通る時にはすごい量になってしまった。

彰くんはかなりのお酒好き、しかも宅飲みも大好きらしい。

「重くない？　佐野さんに来てもらう？」

「これくらい大したことない。お前はそれだけ持って」

重いものばかりが入った手提《てさ》げ袋がふたつ、彰くんの両手にぶら下がる。私はパンやチーズ、パスタなど軽いものしか入っていない袋を渡された。

「……ありがと」

疲れているのに大丈夫なのかな、と思いつつ、駐車場まで歩くわずかな距離が、なにやら私をくすぐったい気持ちにさせる。

「……新婚夫婦みたいだな？」

「えっ！」

そう、まさに、なんだか新婚さんの真似事のように感じてしまっていたのだ。それを彰くんから、しかも意地悪な表情で言われたものだから、若干声が上《うわ》ずってしまう。

「私と彰くんがそんな風に見えるわけないじゃない」

「そうか？」

「見えないよ。なんか全然、住む世界が違うもん」

卑屈《ひくつ》に聞こえただろうか。だけど本当のことだ。これまで、あんな高級車に乗ったことなんてなかったし、買い物するスーパーだって、もっとお手頃価格の庶民的なところばかりだった。

数日一緒に住んでみたけれど、やっぱり同じ世界にいるような感覚はしない。ちょっと間借りしているというか、彼の住む世界に片足だけ突っ込ませていただいているような感じだった。

使用人……ハウスキーパーと言うほうがまだしっくりくる。もっともそれなら、彰くんがスーパーに付き合ったり、買い物袋を持ったりはしないだろうけれど。

「……なにも違わないのにな、俺は」

「え？」

さっきまでとは打って変わって低くなった声に、少し怯《おび》えながら隣を見上げる。

「……面白くない」

彰くんの表情をはっきりと見る前に、彼はそう呟《つぶや》いて、さっと歩くペースを上げてしまった。

夕食のメニューは、鶏肉《とりにく》とトマトのペンネにポテトサラダ。ペンネには、彰くんご希望のとろけるチーズをたっぷり入れる。キッチンで下ごしらえなどをしている間に部屋着に着替えた彰くんは、なぜだか私のうしろに張りついている。

「休んでていいよ？　すぐできるし」

「いいだろ、別に。手伝おうか」

そう言いながら流しで手を洗い、その流れでじゃがいもを洗いはじめた。

さっき、スーパーの帰り道では怒っていたように感じたのに、今はまったく普通だった。一体なにが原因で不機嫌になって、なにがきっかけで元に戻ったのかもわからない。

「皮を剥《む》けばいいか？」

「うん。あ、時間ないし、レンジで火を通してから剥《む》くから。包丁でくるっと切れ目だけ入れて」

切れ目を入れてからレンジで温めると、つるんと皮がむけて楽だ。

それを説明しようとしたのだが、私の足りない言葉だけで理解したらしい彰くんは包丁を手に取り、器用にくるんと皮に切れ目を入れる。あまりに手際がよくて驚いた。

「彰くんって料理とかできるの？」

彼が切れ目を入れてくれたじゃがいもを、私が横から手を出して受け取り、ボウルに入れていく。

「昔は母親の代わりに俺が作ったりもしてたからな。今は面倒だし、忙しくてしてないだけ」

彼の言う『昔』は、柏木姓になる前のことだろうと推測できる。だとしたら、中学生……それとも小学生の頃からお母さんを手伝っていたのだろうか。

あの頃は、彼も私たちと同じ生活水準の中にいたのだ。それが今は、こんな夢みたいなタワーマンションに住んでいて、会社では取締役専務で、王子だなんて言われている。

すごいな、と思うよりも、彼は今までどんな経験をして生きてきたのか、と圧倒されてしまう。

私なんかじゃ想像もできないような苦労があったのではないか。……いろんなことを、乗り越えてきたんじゃないかって。

「どうかしたか？」

じっと見入っていると、彼がじゃがいもに視線を落としたままそう言った。それから、ちらっと瞳が動いて私を見る。

「ううん。なんでもない」

慌てて目をそらして、最後のじゃがいもを受け取った。

レンジで温めてほこほこになったじゃがいもを、皮を剥《む》いて潰す。それからドライフルーツ入りのグラノーラときゅうり、ハムと合わせてマヨネーズで和《あ》える。

その作業は、彰くんがやってくれた。その間に、私はペンネを作ることができるので大助かりだ。

結婚して、夫婦でキッチンに立つって、こんな雰囲気だろうか。

――いやいや。相手がなんで彰くんなの。

彰くんと並ぶ自分の姿が頭に浮かんで、その妄想を振り切ろうとしてつい所作が乱暴になる。ちょうど、鶏肉《とりにく》を焼いているフライパンに、トマト缶と水を入れた時だった。

「あつっ！」

油が撥《は》ねて左手の甲に痛みが走った。慌ててフライパンから手を離し、手の甲に唇を当てる。

「そんなことしてないで早く冷やせ！」

彰くんに急にその手を取られて驚いた。

流しまで引っ張られそうになって、「大丈夫、ちょっと撥《は》ねただけ」と答える。

「そんなにヒリヒリもしないから、舐めとけば治るよ」

それより火力を弱めなければと、急いでＩＨパネルのボタンを押す。火力が強すぎたのだ。

菜箸《さいばし》でトマトソースと水、鶏肉《とりにく》を馴染《なじ》ませるようにかき混ぜる。その間も彰くんが手を離してくれなくて、やりにくい。

するとその時、ぬるりと温かく柔らかい感触が手の甲に触れた。

舌だ。今まさに目の前で、彰くんが私の手の甲に舌を這《は》わせている。

「な、なにして……」

「舐めたら大丈夫なんだろ？」

「さっき自分で舐めたからっ！」

彼が今口づけているところは、少し前に私が舐めたところ。そう気づいて、ぼっと顔に火がついたように熱くなった。

慌てて手を引き抜こうとしたけれど、がっしりとつかまれたまま離れない。

「やっ……」

肌の上で、舌が蠢《うごめ》く。唇が開いて大きく肌を食《は》んで、彼が上目遣いに私を見た。

きゅん、とお腹の奥が切なく鳴いて、締めつけられるような感覚を得る。

じっと私を見つめながら肌を舐める彼は色気に溢《あふ》れていて、腰が抜けてしまいそうだ。

ことっと菜箸《さいばし》をフライパンの中に落としてしまう。

あまりの恥ずかしさに目がじわりと潤《うる》んで、きゅっと瞼《まぶた》に力を入れた。

「……はい、手当ておしまい」

ようやく手を解放してくれた彼が、にっこりと笑う。

いよいよ力が抜けて、へなへなとへたり込みそうになった私の腕を、彼がとっさに捕まえた。またしても、距離が近くなる。顔も熱くて、ぐるぐると眩暈《めまい》がしそうだった。

「な、なんで……」

「新婚ならこんな感じかと思って」

「新婚でもしないよこんなこと！」

「そうか？」

それに、私と彰くんは新婚なんかではない。

「もう、ちゃんと手伝ってくれないなら、キッチンから出てって！　料理の邪魔だから！」

本当はちゃんと手伝ってくれていたし、さっきまではすごく助かっていた。けれど、こんなことをしてからかうなら話は別だ。

私を捕まえる手を振りほどき、彰くんの身体をぐいぐいキッチンから押し出した。

「わかった。大人しく待ってるよ」

キッチンから出る間際、彼が突然腰をかがめる。かと思うと、ちゅっと頬で音がした。

「な、なん……っ」

新婚の真似事はまだ続いていたらしい。

絶句した私を流し目で見て、彼は今度こそキッチンから出ていった。

流しの横の作業台には、彼によって綺麗《きれい》に盛りつけられたポテトサラダがあった。

出来上がったトマトソースのペンネは、彰くんに振り回されたせいでちょっと焦げた。妙に香ばしい香りのするトマトソースに笑いながら、それでも彰くんは全部食べてくれる。

まあ当然だと思う。彰くんのせいなのだから。

そうして食事を終え、お風呂に入ったあと、私は今日こそ別々に眠れるよう、ゲストルームを片づける許可をもらおうとした。ところが――

「先に寝てろ。まだ仕事が残ってる」

そう言って彰くんはゲストルームにこもってしまった。

「……大丈夫なのかな」

寝室の広いベッドに寝転がりながら、ゲストルームがあるほうの壁を眺めた。車の中で、すごく疲れているように見えたのに、帰ってからも仕事をしないといけないなんて。

コーヒーを淹《い》れたり夜食でも用意したりしようかと声をかけたのだけど、適当な相槌《あいづち》が返ってくるばかりで、邪魔になっているような気がした。

仕方なく、テーブルの上におにぎりと出汁《だし》巻《ま》き卵、キャベツの塩もみを用意してラップを被せ、いつでも食べられるようにしておく。

それ以上は気にしても仕方がないので、寝室に戻ってころんとベッドに寝転がる。

その時、左手の甲が目に入った。彼が舐めた場所だ。

「……もうっ！」

思い出して、また顔が熱くなる。

「新婚夫婦ってなによ……」

なんで急に、そんなことを言いはじめたのか。

そう考えてふっと頭に浮かんだのは、スーパーで買い物をした時のことだった。

『新婚夫婦みたいだな？』

『なにも違わないのにな、俺は』

『面白くない』

あの時急に機嫌が悪くなったのは、私が彼に距離を感じたせいだろうか。だからあんな、わざとらしく新婚夫婦の真似事なんかしてからかったのか。

『子供の頃みたいに泣かせたくなる。お前見てると』

意地悪な顔と一緒に、以前言われたセリフも思い出して、腹が立った。むくっと起き上がり枕をつかむと、ぼふっとベッドに叩きつける。

――絶対、なにがあったって彰くんの前でなんか、泣かないから！

八つ当たりされた可哀想な枕を抱いてふたたびベッドに潜《もぐ》り込むと、もうこれ以上振り回されまいと決意を新たに目を閉じた。

朝、やっぱり彰くんは寝室のベッドに潜《もぐ》り込んで来ていた。私の背中から、彰くんの温もりが伝わってくる。

さすがに五日目ともなればちょっと慣れてくるもので、私は溜息をつきながらうしろに向かって声をかけた。

「彰くん、離して」

「……ん」

「寝てていいから、離して？」

昨夜もきっと夜遅くに入ってきたのだろう。私が全然気づかなかったということは、深く熟睡してしまうくらい時間が経っていた、ということだ。

満足するまで眠ったほうがいいと思うのだが、私のことは離してくれないとご飯の用意もできない。

「ねえ」

彰くんの腕の中で、なんとかくるりと寝返りをうつ。

「彰くんって、ば……」

至近距離から見る彰くんの顔は、すごく綺麗《きれい》だった。鼻筋がすっと通っていて、睫毛《まつげ》が長い。薄く綺麗《きれい》に整った唇から微かに温かい寝息がもれて、私の頬に触れる。うっすらと、目の下にクマがあった。働きすぎなのだ、この人は。

つい、その目の下に手を伸ばし、指を触れさせてしまう。その途端、彼の瞼《まぶた》がぱちりと開いて黒い瞳に私が映った。

「あ……ご、ごめんっ」

最初はぼんやりとしていた彼の目の焦点が、徐々に合っていくのがわかる。ゆっくりと、覚醒《かくせい》していく。

彼の目の下に指を触れさせたままだったことを思い出して慌てて離したが、その手をぱしっと捕まえられた。

「お、おはよ……あのね、ご飯作ってくるから……」

まだ寝ぼけているのだろうか、間近で目線を合わせることになり、恥ずかしくなって彼から距離を取ろうとした。

彰くんの目が柔らかく細められ、その優しい瞳にどくんと胸が高鳴る。それに見惚《みと》れて釘《くぎ》づけになっている間に、ゆっくりと彼の身体がのしかかってきた。

「え……え、えっ！」

ゆっくりとベッドに押し倒され、気づけば彼の向こうに天井が見えていた。

「あ、彰くん……？」

どくん、どくんと心臓がうるさい。少し開けたパジャマの襟元《えりもと》が異様に妖艶《ようえん》だ。肌《はだ》なぜこんな状況になってしまっているのかわからないまま、やがて彼の顔が近づき、鼻先がくっつきそうになる。慌てて顔を背《そむ》けると、頬やこめかみに温かい吐息を感じた。

「や、ちょっ……寝ぼけてるの!?」

唇が触れるわけではなく、吐息で肌をたどっていくような近さだ。なんだかそれがひどくいやらしく感じて、ぎゅっと目を瞑《つぶ》る。

「やめてっ……」

怖くなって、声が震えた。身体に重みが加わる。彰くんが私の肩口に頭を落とし、力を抜いたのだ。

「彰くんっ……！」

やだ、と頭を横に振った。彰くんの身体の大きさを肌で感じて、身体を硬くした時。

「……ん？」

すぅ、と肩のあたりで寝息を感じた。ずっしりと重い彰くんの身体は、とんとんと肩を叩いても反応がなく、どうやら本気で眠っているようだ。

彼の身体を横に押しのけつつ、なんとか抜け出し起き上がる。

「はぁ……重たい……もうっ！」

すやすやと熟睡している彰くんを見下ろして、憎々しく思いながらも、そっと寝かしておくことにする。

からかっているのか寝ぼけているのか知らないが、前言撤回だ。この朝にはやっぱり慣れそうにない。

昨夜用意したおにぎりを、彰くんは食べてくれたらしい。空《から》になったお皿が流し台に置いてあって、少しほっとした。

それからすぐに朝食の用意に取りかかったのだが、彰くんが起きてきたのは正午近くになってからだった。

朝食はお味噌汁《みそしる》とほうれん草の白和《しらあ》え、出汁《だし》巻《ま》き卵に大根おろし。彰くんはそれらを残さず綺麗《きれい》に食べてくれたあと、突然買い物に行くと言い出した。

「え……買い物？」

「急に越してきたからな、足りないものもあるだろう」

私に入り用のものを買いに、ということのようだけれど……引っ越してきたつもりもないし、ここであんまり荷物を増やすのも気が引ける。

「別に、いいよ」

先日注文してくれたエスプレッソマシンが、この休み中には届くと聞いている。それだけでも申し訳ないくらいだ。

「いいから付き合え」

必要ないと言っても、彰くんが行くと言ったら行くのだ。

だったら聞かなくてもいいのに。けれどそう言えば、また意地悪か不機嫌が発動しそうなので、そっと呑み込んだ。


買い物に行くため、彰くんが駐車場から出してきたのは、いつもの黒塗りのセダンではなかった。これまた高そうな、ピカピカの白いセダン。ボンネットの先には、金色のエンブレムがついている。

今日は佐野さんは一緒ではなく、彰くんが運転して私が助手席だ。休日は自分で車を運転するらしい。

どこに行くのかと思ったら、彼は高級ブティックが立ち並ぶ一角に車を停めた。そのすぐ目の前にあった店に入ったかと思うと、店員さんになにかを告げる。しばらくして出てきたのは、何足かの女性用の靴《くつ》だった。

「ちょっと、こんなのいらないってば！」

「いいから。靴《くつ》はいい物を履《は》いとけ」

彰くんは、私の使い古した黒のローヒールが気になっていたらしい。

確かに、今履《は》いているものはボロボロだった。けれど多少くたびれているほうが柔らかくて履《は》きやすいのだ。そう説明しても、彼は聞き入れてくれない。

「とにかく、履《は》いてみろ。くたびれたほうが履《は》きやすいなんてのは、安物だからだ」

店員さんが持ってきてくれたのは、私が愛用しているものと似たデザインの、黒のローヒール。

あまりごねては店員さんに申し訳ないと、言われるままに片足を入れる。

「……あ」

履《は》いた瞬間に、なにが違うのかわかった。いや、なにが、とは言えないが、明らかに『違う』ということを理解した。

私の反応で察したのだろう、店員さんがにっこりと笑って「どうぞ」ともう片方の靴《くつ》も差し出してくる。今度は躊躇《ためら》わずに履《は》いて、立ってみた。

「……すごい！」

オーダーメイドでもないのに、履《は》き心地が抜群だった。ほどよくフィットしていて、足を締めつけない。

ぴったりのサイズを選んだつもりでも、親指や小指など、いつもどこかしら痛みがあったりする。けれど、それが一切ない。柔らかな革が足を包み込むような履《は》き心地は、パンプスとは思えない安定感だった。

「よさそうだな」

「うん……すごく履《は》きやすい」

「立ち仕事だからこそ、靴《くつ》はきちんとしたものを履《は》いたほうがいい」

これを、と店員に言う彰くんを横目に、私はスツールに腰かけて一度靴《くつ》を脱ぐ。その時値札を見て、「ひっ」と小さな悲鳴を上げた。

「どうした？」

「あ、彰くん……これ、ダメ、高すぎる」

「そうか？　こんなもんだろう」

な、なんで、こんななんの変哲もない黒のローヒールで十万超えるの？

私が金額に恐れ慄《おのの》いている間に、今度は少し可愛らしいパンプスが足元に用意される。

「え、なに？」

「なに、じゃない。ついでに買っておこう。お前、さっきの一足しか持って来なかっただろう」

「そうだけど……だって、仕事に行く靴《くつ》だけあればいいと思って」

彰くんの家に持ってきた靴《くつ》は、あの夜、荷物をまとめたあとに履《は》いて出た一足だけ。だけど、そんなに荷物を増やしては、出ていく時に大変なだけだ。

「いらないから、ほんとに！」

「うるさい。俺が買うと言ってるんだから、黙ってろ」

私が頑《がん》として断ると、彼のほうはさらに声を強めて譲らない。

――お、横暴！　そのうえ俺様！

結局、私がぶすっと膨《ふく》れている間に私の足元に数足並べられ、彼は勝手に見立ててさらに二足を追加で買ってしまった。

そのうちの一足、淡いピンク色にビジューが飾られた可愛らしいパンプスが、通りを歩く私の足元を飾っている。

いらない、とは言ったけれど……最初に黒のローヒールを試しに履《は》いた時と同じように、とても履《は》き心地がいい。買ったばかりとは思えない足馴染《なじ》みで、踵《かかと》も爪先《つまさき》も痛くない。

「……履《は》き心地は？」

「……すごくいいです」

「だろ？」

彼は得意げな顔をして隣を歩く。

無理やりとはいえ、プレゼントしてもらったのだ。お礼はきちんと言わなければ。

「ありがとう。歩いててすごく楽だし、嬉しい」

素直に頭を下げる。

彼はちょっと驚いたのか、わずかに目を見開いて私を見たが、「どういたしまして」

と、はにかむような笑みを浮かべた。

そういえば、転職先が決まって報告の電話をした時、颯太くんが『仕事を紹介してくれた人は照れ屋だから』と言っていたことを思い出す。

あれは、相手が彰くんだというのを誤魔化《ごまか》すための言い訳だったのかと思っていたけれど、本当のことでもあったのかもしれない。

「次は？　服でも買うか」

「えっ？」

「それか、なにか不自由してるものは？」

彰くんは、次を探すように、通りに並ぶ店に順に目を走らせている。これでは本当に、ただ私になにかを買い与えるためにだけ出てきたようなものだ。

「ま、待って彰くん。買い物はもう、十分だから」

袖《そで》をつかんで引き留めると、彼の歩幅が少し狭くなった。

「せっかく出てきたんだ、遠慮しないで言え」

往来で言い合っていれば、通行人の迷惑になる。それに、このまま歩いていたら彼が思いついた店に、その都度連れ込まれてしまいそうだ。

なにかいい方法はないかと、周囲に目を向ける。すると先の交差点の角に、広いウッドデッキのあるお洒落《しゃれ》なカフェを見つけた。

「あ、あそこ！　あのカフェに入りたい！」

とりあえず、座ってゆっくり話をしよう。そう思い、彼をカフェに誘った。

目的は彰くんの暴走を止めること。そのはずだったのだけど……

無垢《むく》材の床とテーブルセット、漆喰《しっくい》の白い壁に観葉植物、ハーブや茶葉を入れたガラスのボトルが並ぶカウンター。カフェの外観も内装も私の好みで、ついうっとりと店内を見回した。

「わー……可愛い」

ゆったりと広い窓際のテーブル席に案内され、彰くんと向かい合わせに座る。

テーブルの隅に立てかけられたメニューも手作りで、とてもお洒落《しゃれ》だった。あちらこちら、細かなところまで目を向けてしまうのは、自分がカフェを開く時にはどうしようかと、想像が膨《ふく》らんでしまうからだ。

夢中になって見ていると、正面からくすりと含み笑いが聞こえてきて顔を上げる。

「なにを頼む？」

彰くんがとても優しい笑みを浮かべていて、どきりと心臓が高鳴る。それを誤魔化《ごまか》すように目をそらし、ふたたびメニューに目を落とした。

「えー、と……アイスカフェラテにしようかな」

私がそう言うと、彼が店員にオーダーを告げ、ほどなくして運ばれてくる。

それまで店内の観察に夢中になっていた私だったが、やっと本題を思い出した。

「あのね、彰くん」

私が今彰くんのところでお世話になっている件について、どうもお互いの認識にズレがある気がする。私はそれほど長く居座るつもりはないのに、あれこれと揃《そろ》えてもらう必要はないのだ。

エスプレッソマシンなら、彰くんが後々使えるだろうけれど、それ以外のものにお金をかけてもらうのは忍びない。

今日買ってもらった靴《くつ》なんか、たった三足だけで恐らく何十万もする。私の月給よりも高いのだ。

「すごく、助かるんだけど……あんまりいろいろ揃《そろ》えてもらっても、困る」

「なんで」

「そんなに長くいないし……だから、もしよかったらなんだけど、買い物よりもアパート探しを手伝ってほしいの。あんまり高くないとこで……って言っても、今のアパートよりはもうちょっとセキュリティシステムのあるところをちゃんと探すから」

「却下」

「えっ!?」

私が言い終わるまでちゃんと聞いてくれていた割には、秒殺だった。しかも心底呆《あき》れたような目を向けてくる。

「お前な……あの男につきまとわれてるってわかってて、まだひとりで住みたいのか」

「それは……これから気をつける。次はバレないように夜中にこっそり引っ越ししたり、とか」

「無駄だな。引っ越し先をわざわざ調べるなんて普通じゃない。知られるたびに引っ越すつもりか」

また、知られたら……

それを考えると、確かにぞっとした。そのたびに引っ越すなんて不可能だ。

「でも……そんなこと言ってたら私、どこにも……」

どこにも行けない。安心して暮らせる場所がない。

田所さんとは特別な関係でもなんでもなかったのに、どうしてこんな目に遭《あ》わないといけないのか。

途方に暮れて呆然とする私に、彼があまりこの話にそぐわない、甘ったるい顔をした。

「そう。俺のとこにいるしかないんだよ」

観念しろよ、と言われたような気がした。

向かいから伸びて来た手が、私の頬を撫《な》でる。盾突く猫をなだめるような指先だと思った。

「別に引け目を感じることもないだろ。食事、美味《うま》いから俺も助かってる」

「……そんなこと言って、平日の夜はほとんどいないじゃない」

夕食を作ったのは、夕べが初めてだ。これでは、とてもあの部屋に住まわせてもらっているお礼にはならない。

だから気が咎《とが》めるだけなのだが、彰くんはどういうわけかそれをおかしな方向に受け取ったようだ。

「ああ……ごめん。寂しかった？　このところ仕事が立て込んでてね」

「違う！　そうじゃなくて食事の用意をするのが条件のはずなのに、って……」

「なるべく早く帰るようにするよ」

「だから違うってば！」

ついムキになって否定して、声を荒らげてしまった。ここが店内であることを思い出し、慌てて口元を覆《おお》って首を竦《すく》める。

悔しいけれど、なにを言ってもこの調子でからかわれそうだと、むっと口をつぐんだ。

「甘えとけばいいだろう。俺のとこにいれば、貯金も出来てカフェ開業の資金にもなる」

「でも……」

「それにしても、再会してその話が一番、驚いたな」

頬杖を突き私を見ながら、彼が話をそらした。

驚いた、とはどういう意味だろうと首を傾《かし》げると、彼が補足する。

「引っ込み思案でまともにコミュニケーションも取れなかったあの茉奈が、まさかサービス業をやってて、しかも開業したいとは。人って変わるもんだな」

「……そう？　私だっていつまでも昔のままじゃないよ」

「そうか。人見知りなんていつの間にか直るものなんだな」

「私の場合は、直したの。高校生になってバイトをはじめる時に、わざと接客業を選んだの。人と向かい合って会話するのにまず慣れないといけないんじゃないかと思って、強制的に人と話さないといけない環境に身を置いたんだよ。そうしたら、訓練になるかなって」

私だって好きで引っ込み思案をしていたわけではない。

話そうにも緊張して話せなくて、言葉が出なくて、何度もからかわれていたら、そのうち挨拶《あいさつ》をするのも怖くなった。

小学生のうちは颯太くんに甘えてくっつきまわっていたけれど、彼が中学に上がってしまってからの生活は寂しかった。

二年遅れて中学に上がったけれど、小学生の時のように他学年の教室に気軽に行ける雰囲気ではない。入ってすぐの頃は、颯太くんが休み時間に渡り廊下まで出てきてくれたので、私はまたそれに甘えようとしていた。

いつまでもそのままでいいはずはないと頭ではわかっていたけれど、彰くんに言われるまで迷惑をかけていることを理解していなかったのだ。

本当にひとりになって、危機感を覚えた私は、このままではいけないと人に接する機会をあえて作ることを決意した。それが中学二年生の頃だ。

学校ではもうどうしようもなく浮いてしまっていたので、中学生の間は市のボランティア活動を、高校に上がってからは接客のバイトをして、とにかく人と話す訓練を積み重ねた。

やっぱり失敗して逃げ出したくなったこともあったけど、あの頃があったから今の私がいるのだ。本当に頑張ってよかったと思う。

「随分《ずいぶん》と荒療治《あらりょうじ》だな」

「だって、いつまでもいじめられてちゃ悔しいし。大人になってもずっとこのままだったらと思うと、怖かったし」

私に冷たい言葉を言い放ち遠ざけた彰くんだが、そのことを覚えているのだろうか。

その時の哀しさと悔しさがバネにもなったのだから、少しは彼に感謝しなければいけないけれど。

「おかげさまで、なんとかこのようになりました。ちょっとは見直した？」

おどけて少し肩を竦《すく》めてみた。

「そうだな。すごいよ」

てっきり小馬鹿にされるか、またからかわれるかのどちらかだと思ったのに。驚くほどストレートに褒《ほ》められて、言葉が出なかった。

「自分から苦しい環境に身を置くなんて、なかなかできることじゃない。大したものだ」

続けられた言葉に、頬がじわじわ火照《ほて》るのを感じる。同時に目の奥が熱くなり、うっかり涙が零《こぼ》れそうになって、慌てて笑った。

「そんな、大層なことじゃないけど」

「お前には夢を叶えてほしい。そのための手伝いならいくらでもする」

そう言って笑った彰くんの顔は、胸が苦しくなるほど優しくて、私は射止められたみたいに動けない。

「……よく頑張ったよ」

あ、嫌だ。彰くんの前では絶対に泣かないって決めたのに、そんなに優しくしないでほしい。

溢《あふ》れそうになる涙の気配に、ぎゅっと目頭に力を入れて無理やり笑顔を作る。

泣かないと決めた。それ以上に彼の前で泣いてしまったら、絶対にダメだと警鐘《けいしょう》が鳴っている。

「無愛想なカフェの店員なんて、ありえないしね。矯正《きょうせい》できてよかった。意地悪言ってくれた彰くんのおかげかもね」

背筋を伸ばして、すましてみせた。

泣くまいと表情を引き締めたのが、彼にもわかったのだろう。くっ、と喉を鳴らして、苦笑いをする。

「残念」

「え？」

「泣き顔が見られるかと思ったのに」

しれっとそう言って、コーヒーカップを口に運ぶ。愕然《がくぜん》と彼を見つめて、そしてやっぱりからかわれたのだとわかり、わなわなと手を震わせた。

「泣かないって言ったでしょ！」

意地悪ばかり言っていた彼を見返すことができ、認められた気がしてうっかり泣きそうになった自分が情けない。

腹立たしくて彰くんを睨《にら》んだが、それを見つめ返す彼の目がまた優しいものに変わる。

そうやってまた、私の心を引っかき回して、からかっているのだ。そうに決まっていると思うのに、つい目をそらしてしまう私がいる。

意地悪ばっかり言うくせに、助けてくれる。泣かしたくなる、って言ったくせに、時々ひどく優しい目で見る。

心の奥底で、警鐘《けいしょう》が激しく鳴り響いた。

その音が、彼のことが気になりはじめている自分の気持ちに対するものだと、もうわかっている。

翌日の夜。私は日曜の買い物で得たものをずらりと並べてみた。

靴《くつ》三足、ワンピースが一着、私専用のマグカップだとかスキンケア化粧品、圧力鍋（これは私が買おうとした）などなど。

結局いろいろと買い与えられてしまった私は、ありがたいやら困ったやらで、複雑な感情を抱えていた。

これでそう簡単には脱出できないようにされた気がする。

もちろん、家賃も入れなくていいから、ここに住めることはありがたいのだけれど、環境として間違っている。

ルームシェア、と考えればいいのかもしれないが、それにしたって私の負担がなさすぎる。同時に、彼のメリットも少ない。

手料理が、と言うけれど、こんなに買い与える余裕があるなら、ハウスキーパーなりなんなり雇って料理してもらえばいい話だ。

それになにより……このまま長く彰くんと一緒に住むのは、私のためにならない。鳴り響く警鐘《けいしょう》がいつか聞こえなくなってしまいそうで、それが怖い。

惹《ひ》かれないわけがないのだ。彼は、容易《たやす》く私の中を引っかき回してしまう。

やっぱり、ちゃんと自分でマンションを探そう。

田所さんのことは怖いけど、たった一度アパートの前で待ち伏せされただけだし、今度はここから引っ越しする形にさせてもらえば、もうあとは追えないだろう。

それに、あれからあのアパートには近寄っていない。何日も私が帰っていないことに気づいて、彼も諦《あきら》めたのではないだろうか。

家庭のある人だ。あの日、彰くんにも姿を見られているのだし、きっとマズいと思ったに違いない。

とはいえ憶測だけで楽観視することもできないし、あのアパートに住むのはやはり怖い。

まずは解約して、それと同時に新しいマンションを探すために、一度不動産屋を訪ねることに決めた。

問題は、いつ、どうやって行くか、だ。

通勤の際は必ず、彰くんか佐野さんが一緒だ。平日はひとりで行動できる時間的余裕が、ない。

　となると、休日に行くしかない。彰くんも休みだけれど、なにか理由をつけて出かけると言えば怪しまれないだろう。

　そう考えて、次の日の夜、珍しく早く帰った彰くんに、夕食を食べながら聞いてみた。

「彰くん、あのね。今度の日曜、友達と出かけたい。お昼ご飯は作っておくから、いい？」

「わかった。佐野にそう伝えとく」

「えっ⁉」

　今夜のメニューは、肉じゃがとふろふき大根、なめこのお味噌汁《みそしる》にほうれん草の胡麻《ごま》和《あ》えだ。

　庶民的すぎて王子様には不似合いかと思ったけれど、彼はぱくぱくと美味《おい》しそうに食べてくれている。だが、彼の口から出る言葉は、やはり庶民のそれではない。

「いいよ、通勤じゃないんだし！　遊びに行くのに、わざわざ佐野さんに頼まなくても……」

「新しい運転手が手配できたから、これから佐野には茉奈についてもらうことにした。歩くより車のほうが楽だろ」

「え……待って、わざわざもうひとり運転手さんを雇ったってこと？」

「だからそう言ってる」

驚いて箸《はし》を落としそうになった私と違い、彼は綺麗《きれい》な所作でお箸《はし》を使い、じゃがいもを口に運んだ。

「なんでそんな……」

「佐野ひとりじゃ、俺と茉奈のふたりについて回るのに限界があるだろ？」

「だから私は運転手さんなんて必要ないって言ってるのに」

どうしてそんなことになるのか。呆然としていれば、さらに追い打ちをかけられる。

「佐野には、必ず付き添うように言ってあるから。迷惑かけるなよ」

……脅《おど》しだ。佐野さんに言わずにこっそり行動したりしたら、彼が私の代わりに怒られる。

先手を打たれたような気がして彰くんをじっと睨《にら》んでいると、ふっと彼の目元が緩む。

「で？　どこの友達と出かけるって？」

「……お店の子。ランチと買い物に行く約束で」

無論、デタラメだ。

「じゃあ、友達も一緒に乗せて移動に使えばいい」

――いやいや、そんなの普通じゃないし友達もひくよ。

渋々うなずいてみせながら、私は頭の中で対策を考えていた。

「香山さん！　お願いがあるの！」

翌日のお昼。店の奥の休憩室で、一緒に昼休みに入った香山さんに、私は両手を合わせて頼み込んだ。

「日曜、一緒にランチに行って！」

「はい？　いいですけど……」

「で、ショッピングセンターの中に入ってからこっそり解散で」

「はあ？」

変な顔をしながら首を傾《かし》げる香山さん。

協力を要請するからには黙っているわけにもいくまいと、彰くんのマンションにお世話になっていることや、そこに至る経緯を簡単に説明した。

「はああ……まさかそんなことになってるなんて。すごい、シンデレラストーリーじゃないですか」

「違うってば、そんなんじゃなくて。とにかく、自立するためにもちゃんと自分で新しいマンションを借りなきゃいけないの。不動産屋に行きたいから、その間だけショッピングセンターで一緒に買い物してたことにして？」

「それはかまわないですけど……大丈夫なんですか？　その、前の店のマスター」

「なにかあったら、ちゃんと警察に通報する。それに、さすがにもう諦《あきら》めたと思うし」

「だといいですけどねえ……」

不安が残る表情で香山さんはサンドイッチを頬張った。

確かに絶対大丈夫、とは言えないけれど、彰くんにこれ以上甘えていいわけがない。

だったら、自分でなんとかするしかないのだ。

そうして香山さんにアリバイ作りの協力を取りつけた。

あとは日曜まで彰くんに怪しまれないよう、普段通りに過ごすだけだ。

＊＊＊

土曜の夜は、彰くんの好みそうなチーズを使ったメニューとお酒のおつまみも用意してご機嫌を取っておいた。

週末ということもあり、いつもより多めにお酒を飲んだ彼は、次の日の朝、まだぐっすりと眠っていた。この感じだと、お昼まで起きてこないだろう。

ブランチの用意を食卓に、夕食にはカレーを鍋に作ってあることを置き手紙に残して家を出る。

彰くんに言われた通り佐野さんに連絡して、車で香山さんと待ち合わせているショッピングセンターまで向かった。

「佐野さん、それじゃ……ありがとうございました」

「お帰りの際は必ずご連絡を」

ショッピングモールの入口に香山さんの姿を見つけて、車を降りる。私のためにわざわざ運転席から降りて後部座席のドアを開け、一礼してくれる佐野さんを見て、香山さんは呆気に取られていた。

「……立河さんの話、本当だったんだ」

「嘘だと思ってた？」

「いや、妄想入っちゃってるのかな、と」

確かに、にわかには信じがたいかもしれないけれど、人の話を妄想扱いするのはひどいんじゃないだろうか。

そんなことを思いつつ、正面エントランスからショッピングモールに入る。念のため三十分ほどはふたりでショッピングを楽しみ、ランチを食べてから香山さんと別れる予定だ。

けれど香山さんは「ひとりでうろうろしても寂しいし」と言ってくれて、ふたりで不動産屋へ向かうことになった。

不動産屋での解約手続きは問題なく終わり、退去日も決まった。あとは引っ越しの段取りをつけて電気とガス、水道など停止の連絡をし、鍵を退去日までに返せばいい。

ただ、新しいマンションは簡単には見つからなかった。ワンルームで、狭くてもかまわないから治安のいい場所で、と条件を出して三軒ほど見学はさせてもらったものの、決めるには至らなかったのだ。

資料だけをもらって、改めてまた訪れることにする。

資料の入った大きな封筒はトートバッグにすっぽりと収め、佐野さんに見えないようにして迎えの連絡を入れる。

ショッピングモールの入口で車を待つ間、ぽつりと香山さんが呟《つぶや》いた。

「……幼馴染《おさななじみ》っていうだけで、ここまでしますかねえ」

「え？」

「危ないからって、一緒に住んで運転手までつけて、すごいなって思いまして」

空はすっかり夕方の色で、西日がビルをオレンジ色に染めている。なんとなく、そわそわした。普段の疲れがたまっていたとして、さすがにもう彰くんも起きているだろう。

「……うちの会社の、取締役専務だもん。お金はいっぱいあるみたいだし……道楽のようなものじゃないのかな？　からかって遊びたいんだよ、きっと」

「そうでしょうか？　なにかしら気持ちがないと、こんなことしないと思いますけど」

ここから見える、ひとつ先の信号で黒塗りの車が信号待ちをしている。遠目ではわかりづらいけれど、多分迎えの車だ。信号が変わり、こっちに近づいてくる。

「立河さん、私、今日は協力しましたけど……新しいマンションのこととか、ちゃんと相談したほうがいいですよ」

「えっ？　だって、相談したってけんもほろろで」

「それでも、ですよぉ。なにも言わずに引っ越せるわけないですし」

それはもちろんその通りだ。いくらなんでも、そこまでは思っていない。ただ、引っ越しの準備を全部整えてしまってから話せば、彰くんも納得せざるをえないだろうと考えているのだ。

「わかってる。準備が整ったらちゃんと言うから」

「ま、ここまでする人がそう簡単に離さないんじゃないかと思いますけど。車が来たみたいなので帰りますね！」

「え？　佐野さんにお願いして送ってもらうよ」

「彼氏が駅まで迎えに来るので、大丈夫ですよ。それじゃ」

またお店で、と手を振って駅のほうへと歩いていく香山さんを見送ってすぐ、目の前に車が停車する。運転席から降りて来た佐野さんが、後部座席のドアを開けながら言った。

「お友達はよろしいのですか？」

「はい。彼氏が駅に迎えに来るそうで」

車に乗り込み、じきに走り出す。

『ここまでする人がそう簡単に離さないんじゃないかと思いますけど』

窓の外の景色を眺めながら、私は香山さんの言葉を思い返す。

考えれば考えるほど、彰くんがなにを思っているのかわからなくなった。

マンションに戻って遠慮がちに玄関ドアを開ける。やっぱり「ただいま」と言う気持ちにはなれない。ここに『住んでいる』わけじゃなく、とりあえず避難させてもらっているに過ぎない事実に、遠慮が先に立つからだ。

リビングに灯りがついているのが見えて、アクリルガラスの扉をゆっくりと押し開けた。

「彰くん、ただいま」

彼はソファの前のローテーブルにパソコンを持ち出して、仕事をしていたようだった。ローテーブルの上にはパソコンの他に書類や資料が雑に置かれていて、ビールの缶とグラス、おつまみにしていたのか皿にチーズがのっていた。

「おかえり、茉奈」

ソファに座る彼がゆっくりと私を振り向き、微笑む。その笑顔が心臓に悪い。隠し事をしているせいか必要以上に緊張してしまう。

「ごめんなさい、遅くなって。すぐご飯にするから」

「今はいい。それよりこっちにおいで」

彼はそう言いながら、こちらに片手を伸ばしてくる。

「でも、ご飯の支度をしないと」

「いいから」

柔らかく微笑んではいるが、目の光が強くて有無を言わせない雰囲気だった。

私は渋々ソファに近づいて、背もたれのうしろにトートバッグを置く。

すると彰くんに腕を取られ、そのまま彼の正面に誘導された。

彼の膝《ひざ》の間に立たされ、もう片方の腕も捕まえられる。じっと射るような視線に、なにもかも見透《みす》かされているようでドキドキした。

「な、なに？」

「楽しかったか？　買い物してきたわりには荷物がないな」

「ウィンドウショッピングだもん、そんなにしょっちゅう買い物なんてできないし。見るだけでも楽しかったよ」

用意しておいた言い訳を口にする。それでも、彰くんの目がちょっと怖くてうまく笑えていないような気がした。

じっと見つめられている間、心臓が痛いくらいに跳ねて、私は逃げるように話をそらす。

「……彰くん、たくさん飲んでるの？　大丈夫？」

彼の吐息から、ふわりとアルコールの匂いがする。

「そうでもない。家で仕事してる時はこんなもんだよ」

ぐっと両腕を引き寄せられ、彼の膝《ひざ》の上に座らされた。

え。なんで、ここ？

「昼はなにを食べてきたんだ？」

「え、あ、カフェのサンドイッチ」

「ふうん」

彰くんの手が、この状況に戸惑う私の髪を撫《な》で、サイドの後れ毛を耳にかける。その仕草がとてもくすぐったくて、つい目を細めた。

彼に触れられると、いつも心臓が騒がしくなるから、困ってしまう。近づきすぎて、ますますお酒の匂いがきつく香った。

飲みすぎじゃないのかな、と思った瞬間、ころんと急に視界が反転して、気づいたらソファの上に押し倒されていた。

「えっ……彰くん？」

彼は片手を背もたれにのせ、もう片方は私の耳のすぐ横、ソファの上につく。正面に彰くんの顔と天井が見えた。

「茉奈。俺になにか、隠してることはないか？」

耳の近くにある手の指が、くるくると私の髪を弄《いじ》っているのが伝わってくる。髪の先が時折耳に触れて、ぞくりと背筋に微弱な電流のようなものが流れた。

「な……なにか、って？」

「さあ……隠されてるんだから、俺にわかるわけがないな。だから聞いてる」

……気づかれている？　なんで？　それか、カマをかけられているのだろうか？

心臓がますます速く鳴り、じわりと汗が染み出してくる。耳の傍《そば》で髪をもてあそんでいた手の指が、次は私の顎《あご》のラインを撫《な》ではじめる。

「な、なにもないよ、ほんとに」

声が震えた。それでもなんとか取りつくろって笑うと、彰くんの微笑みが深くなる。

「ひゃっ……！」

彼が上半身をかがめて、顔を近づけてくる。体温が伝わるくらいの距離で、ふわっと吐息が瞼《まぶた》を掠《かす》めた。

「やっ……」

近すぎる距離をどうにかしようと、彼の身体を押し返したけれど、びくともしない。

唇が寄せられて、ぎゅっと目を瞑《つぶ》る。キスされる、と思った。

「……あ、彰くんっ」

吐息が唇を掠《かす》め、頬や首筋をたどる。彼の胸を押している手を、ぎゅっと握りしめた。

ふっと耳元に息を吹きかけられて、「ひゃっ！」と声をあげ、いっそう身体を硬くする。

……怖い！

話が通じる様子のない彰くんに、恐怖心が溢《あふ》れ出す。けれどなす術《すべ》もなく、小さく身を竦《すく》めて震えていた。

その時、ふうっと長い溜息のような音が聞こえたかと思うと、右、左と順に、瞼《まぶた》に温かい唇が触れる。それからすっと彰くんが遠ざかった気がして、おそるおそる目を開けた。

彼はすでに身体を起こして背もたれに身を預け、漆黒《しっこく》の瞳で私を見下ろしている。

「……嘘だったら、お仕置きだからな」

ぞくっとするほど妖艶《ようえん》な微笑みに、つい素直に私はうなずいた。

「……はいっ」

「いい子だ」

……お仕置き、ってなにされるの？

間違いなく、嘘は露見《ろけん》する。この先のことを思ってぞっとした。心臓はいまだに忙《せわ》しない。

「どうした？　いつまで寝てる」

「ちょっ……と、待って」

腰が抜けて……とは口に出しては言えなかったのだが、なかなか起き上がらない私を見て察したのだろう。彼は肩を揺らして笑っていた。

＊＊＊

それからというもの、彰くんのあの脅《おど》しが怖くて、どうしたものか頭を悩ませた。

新しいマンションが決まるまで不動産屋には最低あと一、二回は行かなければならないだろうし、アパートにも一度立ち寄る必要がある。ガスを止めるためには、立ち会わなければいけないからだ。それに、荷物の整理はしておきたい。

……どうせ嘘がバレるなら、やっぱり全部準備を終わらせてからのほうがいい。お仕置きのことはその時考えよう。

そう決めてから、数日かけてネットで空《あ》き部屋情報などを確認し、ある程度候補を絞り込んだ。あとは不動産屋へふたたび足を運べばいいだけなのだが……休日に出かけて、彰くんにまた脅《おど》されてはかなわない。

なんとか平日、早めに帰れる日を作れないものか。そう店長に相談したら、呆気なく許可が出た。シフトを調整してもらい、早退させてもらう日を決める。

そしてその日、私は早番で出勤し、昼の一時、ランチのお客様が少し落ち着いた頃——

「立河さん！　もう行っていいわよ」

店長からそう言われ、急いでカフェエプロンを外す。

「すみません店長、香山さん。お先に失礼します！」

「お疲れ様ですー」

返事をしてくれた香山さんにこそっと近寄って、両手を合わせて念押しをする。

「香山さん、お願いね」

「はいはい。もし王子が来られたら、休憩中だって誤魔化《ごまか》しておけばいいんですよね。バレても知りませんよぉ」

それはもう、覚悟のうえだ。だけど新居が決まるまでは隠し通さなければならない。

店を出て、軽く周囲を見回した。佐野さんはいない。私はまだ仕事中だと思っているから、こんな時間にはいないはずで、それも計算ずみだ。

早番の仕事が終わるのは、夕方四時。恐らく佐野さんはその少し前にこのあたりで待機しているだろうから、それよりも早くここに戻ってきて、いかにも今仕事を終えたというフリをすればいい。

電車に乗るため、急ぎ足で駅に向かう。

あんまり長い時間は取れないから、何軒も見学させてもらうことはできないけれど、一軒ここはと思うところに目をつけてある。そこを見せてもらって、よさそうなら契約してしまおう。

陽ざしを避けられるからと、木がたくさんある石畳の公園を突っ切って行く。すると向こうから、にこやかに手を振って歩いてくる人物が見えた。

その姿に、私は目を疑った。

「あれっ？　茉奈ちゃん？」

その人は、ごく自然な笑顔で、私とここで会ったことに驚いているみたいだった。

「……田所さん？」

「びっくりした。どうしたの？　こんなところで」

それはこちらのセリフだった。彼は何事もなかったかのように話しかけてくるけれど、本当に偶然だろうか。

彼の店は、ここからかなり離れている。第一、今日は定休日ではないはずだ。マスターである彼がどうしてこんなところにいるのか。

「……私は、その、ちょっと用があって」

この近くに職場があると知られたくない。適当に誤魔化《ごまか》して、とにかくすぐにこの場を離れる口実を考えなければと思った。

「そうなんだ」

笑顔が薄ら寒い。怖い。けれど、必要以上に怖がってしまえば、余計に彼を煽《あお》ってしまう気がした。

木陰の多い道を選んだのは失敗だった。木のせいで死角が多く、人の目が少ない。

「あの、それじゃ私はこれで」

「待って！　茉奈ちゃん！」

逃げ出そうとしたのだが、手首をつかまれて引き留められた。

途端に身体が震えて硬くなる。とっさに腕を引いたが、田所さんの力があまりに強くて、痛みを伴《ともな》うほどだった。

「なにを……っ」

「こないだはごめんな、茉奈ちゃん……急に訪ねたりして怖がらせたかなと思って、後悔してたんだ」

ぎり、ぎり、と手首の痛みが増す。けれど、痛みより彼の笑顔のほうが恐怖だった。

「ここで偶然会えたのも、縁だと思うんだ。お詫《わ》びにケーキでもご馳走《ちそう》させてよ」

「いえっ！　私、あまり時間が」

「そんなに怖がらないでよ……一緒に働いてた仲だろ？」

どこかに連れて行かれそうになって、必死で踏みとどまる。

「こっ、これから出勤なんです！　勤めはじめたところで遅刻したらクビに……」

「嘘ばっかり。店のほうから歩いて来たじゃないか。今日はもう仕事、上がったんじゃないの？」

その言葉を聞いて、さっと血の気が引いた。恐怖のあまり、膝《ひざ》ががくがくと震え出す。

どうして？　アパートだけでなく、仕事先まで知られているとは思わなかった。

「ね……お願い、怖がらないで。必死に調べたんだよ、君に会いたくて」

「やだっ！」

「その手を離せ」

聞き覚えのある声がして、痛いほどに握られていた手がやっと自由になった。

ふらふらと覚束《おぼつか》ない足取りで数歩うしろに下がる。解放された安堵《あんど》感からか、軽く眩《め》暈《まい》を感じながらもなんとか持ちこたえて顔を上げた。

「……彰くんっ」

やはり、さっきの声は聞き間違いではなかった。

彰くんが田所さんの腕をつかみ、捻《ひね》り上げている。

田所さんがさっきまでの笑みを引っ込めて、まるで鬼のような形相《ぎょうそう》で彰くんを睨《にら》んだ。

「離せっ！　誰だお前⁉」

「ぎゃあぎゃあ喚《わめ》くな、すぐに人が来る」

彰くんは田所さんの腕を捕まえたまま、私を背に庇《かば》うように立ってから、やっと彼を突き放して解放する。

彰くんにつかまれていた腕を手で押さえながら、田所さんの目は鋭くこちらを睨《にら》んでいた。

「茉奈につきまとっていた証拠はすべて押さえてある。覚悟するんだな」

その一言で、田所さんは表情を変えた。

「は……証拠？　つきまとってたってなんだよ」

「……まさか自覚がないのか？　家や職場を調べたり、仕事中の姿を写真に収めて玄関ポストに入れたり、これらは立派なストーカー行為だ。近日中に弁護士を通して話をさせてもらうが、なんなら今日、このまま警察に通報しようか？」

淡々とそう通告された田所さんは、みるみる顔の色を失い、その場にへたり込んでしまった。

「柏木専務！　立河様！　お怪我はありませんか？」

彰くんより少し遅れて佐野さんが到着した。ひどく焦った様子で私たちの無事を確認すると、ほっと安堵《あんど》の息を吐き、それから呆《あき》れた声を出す。

「専務自ら出ていかれなくても……なにかあったらどうなさるのですか」

いつも忠実に傍《そば》に控えている佐野さんが、彰くんに意見するところを初めて見た。当の本人は、そんなもの聞き入れる風ではないけれど。

「なにかもなにもない。あんなひょろい奴に俺がどうにかされると言いたいのか？」

彰くんがくいっと指で示した方向では、田所さんががっしりとした体格のスーツの男性に連れていかれようとしているところだった。

まったくこの事態についていけない私は、まだ呆然としている。

そんな私に、ゆっくりと簡潔になされた佐野さんの説明によると、彰くんは最初からストーカー被害の証拠集めを弁護士とともにしていたらしい。田所さんにアパートで待ち伏せされた夜に差し込まれていた黒い封筒には、私が今の店で働く姿を隠し撮りした写真が同封されていたようで、それもまた証拠のひとつになるそうだ。

あの時、私には見せずに彰くんがそのまま持って行ってしまったので、私は封筒の中身までは知らないままだった。

もしも知っていたら、怖くて仕事もままならなかったかもしれない。

佐野さんは運転はもちろん、私のボディガード役も担《にな》っていたそうだ。さっき田所さんを連れていった男の人と交代で、通勤時だけでなく、外ではずっと私についていてくれたらしい。

だから今日、佐野さんに連絡せずに店を出たことも、田所さんに絡まれていることも、すぐさま彰くんの知るところとなったわけだ。

……それってつまり、先日の単独行動も、同じく筒抜《つつぬ》けということではないだろうか？

そのことに気がついて、じわじわと汗が滲《にじ》みはじめる。そんな私の横で、彰くんがどこかに電話をかけていた。

「……ああ、わかってる。すぐに戻るから、スケジュールを調整しなおしてくれ」

どうやら仕事を放り出して私のところに来てくれたらしい。ますます身体が縮み上がる。

電話を切った彼が、横目で私を流し見た。

「……佐野。茉奈を連れて帰ってくれ」

「かしこまりました」

私の顔を見ながら佐野さんに命令するなんてやめてほしい。まるで連行されるような気持ちになってしまう。

「茉奈」

彰くんは緩んでしまっていたネクタイの結び目をきゅっと上に詰めながら、今度は私の名前を呼んだ。「はいっ」とまっすぐ背筋を伸ばして固まった私のすぐ目の前まで近づいてくる。

「今日はまっすぐ帰れ。俺も残してきた仕事を片づけたらすぐに帰る」

「わ、わかった……」

素直にうなずくと、彼が腰をかがめて私の顔を覗《のぞ》き込む。

びくびくとして、自分の眉が情けないくらいハの字になるのがわかる。絶対怒られる、もしくは……例のお仕置きのことを言われるのかと、思っていた。

けれど予想に反して、彼は片腕を私の首に回し、優しく頭を抱き寄せてこう言った。

「怖かったな。もう大丈夫だ」

驚いて、目を見張る。

勝手な行動をしていたのは私なのに、まさかこんなに優しくしてもらえるとは思わなくて、ちくりと胸の奥が痛む。

私の後頭部を撫《な》でる手も優しくて、涙が込み上げそうになった。

「……なさい」

「ん?」

「……ごめん、なさい」

一度、アパートで怖い思いをしたというのに、私の認識が甘かった。だけど、彰くんの傍《そば》にいるのも怖かったのだ。

なんでも勝手に話を進められて、腹が立った。だけど意地悪を言いながらも助けてくれる、強引に抱き込むようなやり方に、彼から離れられなくなってしまいそうで、怖かった。

今ならまだ、離れられると思っていたのに。

「……ごめんなさい」

三度目の謝罪は、彼の肩に額《ひたい》を預けながら言う。

スーツの袖《そで》をつかんで、このまま離したくないと思ってしまった。

玄関ドアが開く音がしたのは、夜九時を回った頃だった。リビングに入ってきた彰くんと目が合って、途端に騒ぎはじめる心臓をなだめながらソファで身を硬くする。

「……おかえりなさい」

「ただいま」

脱いだスーツの上着をダイニングの椅子にかけると、彼はネクタイの結び目を緩めながら私に近づいてくる。

なにをされるのか、緊張する私の横に彼は腰を下ろすと、私の手首を優しく取った。

そして、私の両手首を見て、角度を変えて確認する。

「え……なに？」

彰くんが手首のある一ヶ所に目をとめて眉を顰《ひそ》める。一部分だけ、赤黒くアザになっているところがあった。

どうやら私が田所さんに強く握られたことを気にしてくれていたらしい。

「あ、大丈夫。……ちょっと、押したら痛い程度で」

「湿布《しっぷ》は？」

「そこまでするほどじゃないってば」

それでも納得がいかないらしい。

彰くんは厳しい表情で私の赤くなった手首をそっと撫《な》でている。その仕草に、きゅっと胸の奥に痛みが走った。

「あの……ありがとう。佐野さんを私のボディガードにつけてくれて……ストーカーの対策までしてくれてたなんて、私、全然気づいてなくて」

「ああ……佐野もプロだからな。後をつけて気づかれるようじゃ困る」

「……後を」

「そうだな。逐一俺に報告が来るようにしてあった」

ああ、もう間違いない。彼は全部知っているのだ。

「今日のことも、日曜に不動産屋に行ったことも全部報告が入っている」

突然、彼が私の手首に唇を寄せ、ぺろりと舐めた。

「嘘をついたら……どうするって言った？」

そう言うと、彼は私の膝《ひざ》の裏に腕を通し、いつかのようにころんとソファに転がす。

「ひゃっ！」

「お仕置きだ、茉奈」

妖艶《ようえん》に笑う彼の薄い唇の隙間から、赤い舌が覗《のぞ》く。

ぞっとするほど綺麗《きれい》で、怖い。

「あっ、ま、待ってっ」

やだ、と言葉になるよりも早く、彼の熱い舌が私の手首を這《は》った。

「あんな、私が嘘ついてるってわかっててあんな約束……ずるいっ……」

嘘をついたらお仕置き、だなんて、最初からお仕置き確定の約束だったのだから、そんなのは無効だ。

だが、私の抗議など、当然聞き入れられない。柔らかな舌と唇の感触が、鈍い快感となって手首から腕へと伝《つた》い、身体の芯に届く。執拗《しつよう》に手首を舐め、唾液だらけにされた肌が濡れて光って、すごくいやらしいことをされている気になってくる。

手首の内側にちゅるっと吸いつくと、今度は手のひらに大きな厚い舌を這《は》わせる。指と指の間に舌が差し入れられた時、びくっと腰が震えてかあっと身体が熱くなった。

くす、と含み笑いの音。それでも彼のお仕置きは止まらなくて、次は指の一本一本を丁寧に舐め上げた。

「やっ……」

ぞわ、ぞわ、と断続的な波が手から身体の芯へ流れてきて、変な気分になってくる。

あまりの恥ずかしさにソファから逃げ出そうとしたのだが、しっかりと馬乗りされていて、そんな隙はどこにもない。

「ごめんなさいっ！　もう、嘘つかないからっ……」

「そのほうが賢明だな。これから嘘をつくたびに内容をハードにしようか？」

「やだやだやだ……あっ」

ちゅっ、と小指の先を啄《ついば》まれてやっと手が解放される。けれどほっとして起き上がろうとした時、肩を押されてふたたびソファに背中をつかされた。

「まだ終わりとは言ってない」

意地悪にそう言った彼に、「嘘でしょう」と小さく呟《つぶや》いた。

のしかかってきた彼の身体とソファに挟まれ、身動きが取れなくなる。

お仕置きなのだ……否応《いやおう》なく、触れられるのだと思った。

けれど至近距離で見た彼の目はいつもと違い真剣で、どこか切なさを秘めていた。

「……彰くん？」

「……茉奈」

身体は動かせない。その程度には拘束されている。だけど、唇に触れた彼の片手も、頬や眉間に触れたキスも、胸が苦しくなるほどに優しい。

「……心配した」

掠《かす》れた声でそう告げて、彰くんはまた私の頬に口づける。今度は唇に近い、えくぼのできるあたり。

「俺に嘘はつくな」

次は目と目の間、それから目元。唇を避けてキスは繰り返され、そのあまりの優しさにまた、胸の奥が苦しくなる。

本当に、心配してくれていた？　ただ、お仕置きだと言ってからかっているわけじゃなくて？

一度キスがやみ、鼻先を掠《かす》めて彼がすり寄ってくる。

愛おしいものに触れるようなその仕草に、勘違いを起こしてしまいそうだった。

もしかして、彼にも少しくらい私に気持ちがあるんじゃないかと、期待してしまう。

彼の大きな手が私の頬を包み込み、目を合わせて言った。

「返事は？　茉奈」

「はい……」

甘い空気に酔った頭で、夢うつつに返事をした。彼は優しく微笑むと、頬に当てた手の親指で私の唇に触れ、軽く開かせる。

懇願《こんがん》するような、胸が苦しくなるほど切ない瞳で見つめられ、キスを請《こ》われているのだと気がついた。

途端に、唇にあの日の熱が蘇《よみがえ》る。

再会した日のあの時。彼が私の唇に触れたのは、あの一度だけだ。

そのたった一度のキスの熱さを、私の唇はしっかりと覚えていた。

どうしよう、嫌じゃない。嫌じゃないけれど……そんな気持ちを抱いてしまっていいのだろうか。

逡巡《しゅんじゅん》している間に、唇同士が一度掠《かす》める。

それだけで気持ちよくて思わず目を細めた、その時。

「んっ……！」

唇が深く、重ねられた。

「ふ、あ……」

唇を濡らすように、ゆっくりと何度も啄《ついば》まれる。薄く開いた唇の間を舌でくすぐられれば、ぞくりと背筋に快感が走る。

指先までしびれて気持ちよくて、つい彼の背に手を回しシャツを握りしめた。それを合図にしたかのように、彰くんは角度を変え、舌を私の口内に潜《もぐ》り込ませた。

「ん……ぅ」

私の舌を絡め取り、軽く吸い上げる。舌先同士をこすり合わせ、まるで口の中を愛撫《あいぶ》されているようだ。

飲み下せない唾液が唇の端から零《こぼ》れ、耳へと伝《つた》う。ちゅっと啄《ついば》まれたあと、彼の唇は唾液の跡をたどっていった。

「あっ……やっ……」

「茉奈」

甘くささやかれた名前に、恍惚《こうこつ》と溶けていた意識がわずかに呼び戻される。

「……彰、くん？」

まるで夢の中にいるような、甘い空気の中で彼を見上げた。優しく苦笑いして私を見下ろす彼は、宝物に触れるように私の頬を指の背で撫《な》でる。

「アパートは、無事解約できたようだな。あとは中の荷物の処分か」

やっぱり全部ご存じの彼は、満足げにうなずくと私の髪を一束持ち上げ、口づけて言った。

「もう、どこにも行けないな、茉奈。ここから逃げられない」

彼の言葉を噛み砕くほどに、ゆっくりと脳が現状を再度理解する。彼の言う通り、私は自分で行動してアパートの解約をした。そして新しい住処《すみか》を見つける前に、彰くんに見つかってしまった。

いや、むしろ、私が自分であのアパートを解約し終えるまでわざと泳がせていたに違いない。

今日、田所さんが現れなかったとしても、不動産屋で新しいアパートを契約する前に彰くんに阻止されていたに決まってる。

もう、帰る場所はここしかない。

甘く優しく見えた彼の微笑は、今は私を捕獲して悦《えつ》に入っている表情にしか見えなくて。

「……ひどい」

いいように彼の手のひらの上で転がされたのだ。悔し紛《まぎ》れに平手を彼に向けた。だが、頬に命中する前にあっさりと手首を捕らえられる。

「なにが」

「意地悪、ばか、きら……」

続く言葉は、彰くんの唇で遮《さえぎ》られる。

腹が立ったが、抗議はあえなく彼の口の中、だ。与えられる口内への愛撫《あいぶ》に、私はまた翻弄《ほんろう》されながら、頭の中は疑問でいっぱいだった。

どうして、こんなキスをするのか。

どうして、私を助けてくれるのか。

ただの気まぐれ？　昔みたいに私をいじめて泣かせたくて、だからずっとからかわれているのだと思っていた。

細く見えても肩幅が広く、がっしりとした彼は私の抵抗程度ではびくともしない。強い力で押さえ込まれ、散々口内を蹂躙《じゅうりん》されて、すぐにまともに思考が働かなくなる。

ただ、彼に問いかける言葉ばかりが脳内で繰り返されていて、キスの合間、熱に浮かされるようにぽろりと言葉が零《こぼ》れた。

「……ど、して？」

長いキスで息が上がり、声が途切れがちになる。

もしも返事が「おもしろいから」とかだったら、今度こそ私は彼の目の前で泣いてしまいそうだ。意地悪な顔をされたら、逃げ出しそうだ。

今でも十分、怖い。だけど一度声に出したものは、もう取り消せなかった。

「……なん、で、こんなキスするの」

言ってしまってから、後悔する。

よくよく考えれば、相手は彰くんだ。

私の知る、意地悪で人をからかってばかりの彼、というだけではない。

王子と呼ばれるに遜色《そんしょく》ない容姿で、大企業の御曹司《おんぞうし》で、誰もが憧れる人。

そんな人が、私のことなんて本気で相手にするはずがない。そう落胆している自分がもう、取り返しがつかないほどに彼に惹《ひ》かれているのだとわかってしまった。

きっとはぐらかされる。もしくはまた、笑われる。傷つく覚悟を決めて彼を下から睨《にら》む。

けれど彼の表情は、私が予想したそのどれとも違った。押し倒されたまま、低い呟《つぶや》きが上から落ちて来る。

「……なんで、か」

その黒い瞳に、からかいの色は滲《にじ》まない。指の背で私の頬を撫《な》でる仕草はとても優しくて、表情は真摯《しんし》なものだった。

「どうしてか、俺もずっとわからなかった」

「え……？」

「再会してから、日を追うごとに……どうしてここまで目が離せなくなるのか。だが今日、やっとわかった」

彼の目が、私の手首に向けられた。

さっき散々、彼にお仕置きと称して舐められ、口づけられた場所……田所さんに触れられた場所だ。

彼はふたたびその手首をつかみ、唇を寄せる。何度も何度も、まるで私の肌に残る感触を上書きするかのようだ。

「んっ……」

手首を甘く噛まれて、そこから彼の独占欲が流れ込んでくるようで、背筋がぞくりとする。

私を見る彼の目が、欲に濡れて妖《あや》しく揺れた。

彰くんはそのまま私の手に指を絡め、私の頭上、ソファの肘置きに押しつける。もう片方の手が私の前髪をかき上げ、腕が頭を囲う。彼に包み込まれ、私は顔もそらせなくなった。

「……俺以外の男に、二度と触れさせるな」

私に言い聞かせるような、強い言葉。

その身勝手な独占欲の理由を知りたいと、私の心が期待して鼓動《こどう》を速める。

きっと私は、すがりつくような目で見てしまっていただろう。どうか、どうか私の望むような答えであるように、と。

そして答えは、たくさんの優しいキスとともに降ってくる。

目じりに頬、耳の近くといくつもキスして、最後にこめかみに唇を当てたまま彼はささやいた。

「好きだ。お前は誰にも渡さない、逃がさない」

じん、と耳元から甘い声が響き、体中に染み渡る。

嬉しい、と感じてしまった。同時に、信じられないという思いもあった。

「う……うそだぁ」

「茉奈？」

「だってっ……彰くんが私を好きなんて、だって」

子供の時とは違う。そうはわかっていても、ずっと抱いていた印象は簡単に変わるものじゃない。

「信じられないか？」

彼の声が少し寂しそうに聞こえた。罪悪感がちくりと胸を刺す。

けれど、それよりもやっぱり、信じさせてほしいと願ってしまうのはわがままだろうか。

「……子供の頃は嫌われてたもの」

そう言うと、彼がふっと苦笑いを浮かべる。

「ははっ。自業自得か」

「え？」

「俺はあの頃だって、別にお前を嫌ってたわけじゃない」

優しく頬に触れた指先が、ゆっくりと顎《あご》をたどって首筋に下りて、くすぐったい感触が肌をざわめかせる。その感覚に目を細めながらも、彼の言葉に懸命に耳を傾けた。

「ただ、そうだな。器用なほうではなかった。今なら少しは、優しくする方法もわかっているつもりだが」

本当に？　信じていいの？

心の天秤《てんびん》がゆらゆらと揺れている。

彰くんの言葉ひとつ、仕草ひとつに私の心は反応してしまう。

彼の指が首筋からブラウスの襟元《えりもと》まで下り、鎖骨をくすぐった。

「信じられないなら、仕方ない」

彰くんの唇が妖艶《ようえん》に弧を描いた。

「彰くん？」

「茉奈が欲しい。嫌っていうほど、身体に教えてやるよ」

そう言って、彼は私の首筋に顔を埋《うず》めた。

「あ……んっ……」

肌を滑《すべ》る濡れた感触に、思わず声がもれた。慌てて息を潜《ひそ》め、声を殺す。

唇が滑らかに肌をたどりながら鎖骨まで下り、そこに歯が立てられた。びくっ、と腰が揺れる。

　くすぐったいような、痛いような、どう捉《とら》えていいのかわからない刺激だけれど、不思議とやめてほしいとは思えない。

「茉奈……」

　彼が肌に吹き込むようにささやいた私の名前が、ひどく甘く聞こえた。

　熱い吐息とともに、場所を変え肌に吸いつき、何度も何度も繰り返される。

　気づけばブラウスのボタンがはずされ、柔らかな膨《ふく》らみにまで彼のキスがたどり着いていた。

「俺だけのものにしたくて、たまらない」

「んんっ」

　ブラウスの間から覗《のぞ》く下着をずらし、際どい場所に彼がいっそう強く口づける。ちくりとした痛みを感じ、そこに痕《あと》を残されたのだとわかった。

　――この先に、進んでいいの？

　残った理性を総動員して、自分自身に問いかけた。

　わからない、後悔するかもしれない。

　だけど、こうして彼が肌に気持ちを伝えてくれるなら、それをもっと知りたいと思った。

好きだと言ってくれた彼の気持ちを、信じられるなにかが欲しかった。勇気を出してこの胸に飛び込めば、それを得られるだろうか。

すっかり抵抗しなくなった私の手を解放して、彼が両手で私の肌を撫《な》でていく。

乱れた衣服を避けながら、胸から腰のラインを熱い大きな手で撫《な》でられるのは、怖いくらいに気持ちがいい。

私から、彼の首筋に両腕を絡めて抱きついた。

「……茉奈?」

問いかけるような彼の声音に対し、絞り出した声が震える。

「もっと、知りたい」

腰を抱いていた彼の指が、ぴくりと反応した。

「……あなたのものに、なりたい」

私の言葉に、彼が喉を鳴らしたのが伝わってきた。

ぎゅっ、と一度強く抱きしめたかと思えば、そのまま私の膝裏《ひざ》に片腕を通して抱き上げる。

恥ずかしさのあまり、私は彼の首筋に抱きついたまま顔を隠した。

「もう、止められないからな」

ゆらゆらと、身体が揺れる。いくらもしないうちに、かちゃ、とドアノブの音がした。

もう聞きなれた、寝室のドアノブの音だ。

ゆっくりと、少しの衝撃も伝わらないように彼が優しくベッドの上に下ろしてくれる。

そのわりに、私のブラウスを剥《は》ぎ取る手は急《せ》いていた。

優しくしたいと思うほど好きでいてくれて、早く触れたいと思うほどに求めてくれている。

それを肌で感じて、胸が苦しくなった。

下着をずらされ、素肌が彼の前に晒《さら》される。

「……あ、んっ……」

柔らかな膨《ふく》らみに舌が触れた時、びくりと身体が怯《おび》えて震えた。

そんな私の身体を丹念に舐め、いくつも赤い痕《あと》を散らしたあと、優しい指先が愛おしげにその痕《あと》を撫《な》でる。

心臓の音が速く激しく鳴っていて、きっと彼の指先にも伝わっているんじゃないだろうか。

彰くんがまた、羽で触れるかのようにそっと胸元に口づける。それがあまりに優しくて、もどかしさを生んでしまう。

私の腰が揺れたのを見計らったかのように、赤く尖《とが》った先端に熱い舌が触れた。

「ふ、ぁあああっ」

ただ胸の先に触れただけなのに、思わずもれた声に自分で驚いた。それくらいに、早く触れてほしいと望んでいた自分に気づかされる。

「敏感だな」

そんなことを言われても、わからない。

自分の身体が敏感かどうかわかるほどの経験は、私にはなかった。バージンではないけれど、こういうことをしたのは、今までひとりだけ。随分《ずいぶん》前のことだし、回数もそれほど重ねることなく、終わってしまった恋だった。

ふるふると頭を横に振る。すると、彼がくすりと笑った。

その唇が右胸の蕾《つぼみ》を覆《おお》い、舌が先端にこすりつけられる。かと思えば、器用にころころと転がされ、もっと欲しいと求めてしまう身体を止められなくて、胸を突き出すように背筋がしなった。

「ん、んん、あんっ」

指先がしびれる。濡れた声が零《こぼ》れてしまうのが恥ずかしくて、きゅっと目を瞑《つぶ》る。

彼の大きな手が私の両方の胸を下から持ち上げ、左胸の蕾《つぼみ》を指先で転がした。

ざわ、ざわと身体の中に微弱な波が少しずつ押し寄せてくる。

彼の唇が右胸から左胸に移り、また先端を転がしながら、両手が胸から腰へ下りていく。

揺れる私の腰からボトムの中へと指先を差し入れられ、片手がファスナーを下ろした。まるで流れるような手際だ。

胸にキスを続けながら器用に衣服を緩め、肌との隙間を作る。

腰から入り込んだ彼の手がお尻を撫《な》でて、ショーツとボトムを一緒に剥《は》ぎながら大腿《だいたい》部まで滑《すべ》り下り、そのまま両脚を持ち上げる。

あっという間に、ボトムから足が抜けた。

「あ……」

目を開ければ、私の服はすべて脱がされてしまっていて、もう身体を隠すものなどない。彼の目は私の肌を見つめ、指先がそのすべてを確かめるかのようにいたるところを流れていく。

「あ……ふ……」

ただ、指で肌をたどられているだけ。

それだけなのに、息が上がる。肌が赤く染まっていくそのさまを、彼に見られている。

「……や、恥ずかしい」

そんなに見ないでほしい、と懇願《こんがん》した。

「なにが恥ずかしい？」

彰くんがふっと笑った。

優しい指は、胸から腰のライン、下腹部を掠《かす》めて脚へ。それを何度も繰り返す。

「……綺麗《きれい》だ」

私の身体を眺めながら、彼はぽつりと呟《つぶや》いた。

本当に？　変じゃない？

そう問いかけたくなるものの、私の肌は彼の吐息すら甘い刺激として受け止めてしまい、声にならない。

何度も交わしたキスや胸への愛撫《あいぶ》で、身体が高められているのだろうか。わずかな刺激だけで肌が粟立《あわだ》ち、微かに震える。

下腹部に彼の手のひらが触れた。

温かく、けれどあと少しでも下へ行けば、恥ずかしい場所に触れてしまう。そして指は、当然のようにおへそから肌を滑《すべ》り下りる。

「やっ……」

とっさに膝《ひざ》を曲げて、強く閉じてしまった。手はそのままに彼が身体を起こし、固く閉ざした両方の膝《ひざ》に口づける。

「あっ、んっ……」

膝《ひざ》の上を、吐息や舌がゆるりと滑《すべ》る。膝《ひざ》なんて場所が、こんなにも感じるとは夢にも思わなかった。

初めて得る快感に混乱しながらも、肌は与えられる感覚を上手に拾っていく。

舐められて、キスされて、頭の芯がしびれてしまう。

「茉奈、力を抜け」

優しく低い声に導かれ、膝《ひざ》の力が抜けていく。

わずかに開いた膝《ひざ》の間に彼は頭を潜《もぐ》らせると、内腿《うちもも》に口づけながら徐々に脚の付け根へ近づいていった。

「ああ、やだ、やあっ……」

彼がなにをしようとしているのか気づいたけれど、信じられない。理性が否定してしまうのだ。

そんな場所に唇が触れるなんて、私には初めてのことだった。

ふたたび膝《ひざ》に力が入ったが、もう遅い。彼の頭が間にあって、閉じることができない。

今にもそこに、彼の唇が触れるのかと思った。けれど、先に下腹部にあった手がすっと下に下りてきて、薄い茂みをかきわけた。

「あっ、やっ……」

「ああ、もう濡れてるな」

濡れた襞《ひだ》を、指先がゆっくりとたどる。たったそれだけなのに、くちゅ、くちゅ、と淫靡《いんび》な水音が確かに耳に届いて、かあっと顔が熱くなった。

とても弱く敏感な部分を彼の眼前に晒《さら》し、触れられるのは、ひどく羞恥心《しゅうちしん》を煽《あお》られる。

けれど、もっともっと好きに触れてほしいと、身体がすっかり彼に降伏していた。

両脚を震わせながら、それでも自ら徐々に膝《ひざ》を開いていく。脚の付け根に近い、際どいところに口づけられる。

彼の唇が残していく赤い痕《あと》がちらりと見えた。

指が襞《ひだ》を何度も上下にたどったあと、たっぷりと蜜《みつ》を絡めて裂け目の端をかきわける。

ぷくりと膨《ふく》れたその場所に指先が触れた時、えも言われぬ快感が全身を巡《めぐ》った。

「ふあっ！　ああっ」

指先が、少し触れただけだ。

それなのに、今まで触れられていた場所とは明らかに違う、明確な濃い刺激が生まれる。その強さに混乱するけれど、彼はおかまいなしにその場所を指で押し広げた。

「あ……やっ……」

空気に晒《さら》されている感覚。

なにをされるのかわかっていて、それでいて身体は待ち受けている。

ふわっと吐息が触れたかと思えば、膨《ふく》れてツンと尖《とが》ったその場所に、彼の熱い舌先が触れた。

「あああっ！　やあ、ダメ、ああっ！」

ぬるぬるとした感触が、何度も敏感な突起《とっき》を往復する。舌先がくるくると円を描いたかと思えば、弾くように転がされ、私の身体は小刻みに震えた。

「ひ、あ、ああっ」

こんな感覚は、知らない。指で触れられるのとはあまりに違う。

快感に混乱しながら脚の間につい目をやってしまうと、そこに顔を埋《うず》める彼が見えた。

その光景が私にはとても衝撃的で、淫靡《いんび》で、またぞくりと快感が背筋を這《は》った。

ちらりと視線を上向けた彼と、目が合った。その瞬間、そこを軽く吸い上げられ、電流のような快感が身体の芯を突き抜ける。

「ああっ！　ああ、ああっ！」

首がのけぞり、勝手に身体がしなっていく。

くちゅくちゅとその場所から繰り返し聞こえる水音。

敏感な花芯が唇に挟まれ、温かな唾液に包まれて、舌をこすりつけられる。

頭を振って、怖いくらいの快感を振り払おうとした。

私の腰に絡んだ彼の腕を、必死につかんだ。

ぶわりと汗が滲《にじ》み出す。

制御できずに高まっていく身体の熱に、何度も「怖い」と叫んだ。

けれど当然、彼はやめてはくれない。

丁寧にディープキスでもするようにそこを食み、舌で舐《ねぶ》り続ける。

身体が強張《こわば》り、爪先《つまさき》がぴんと伸びた。彰くんの腕をつかんでいた私の手が解《ほど》かれ、指を絡めて握り合わされた時、少しだけほっとする。

それも束の間のこと。次の瞬間には視界にちかちかと星が飛び、張り詰めた身体の中でなにかが弾けた。

「ふ、あああああっ」

悲鳴のような、甘い嬌声《きょうせい》が喉から零《こぼ》れ、がくがくと腰が痙攣《けいれん》する。

さあっと熱が全身を駆け巡《めぐ》ったあと、ゆっくりと身体の緊張が解《と》けていき……ようやく、彼は秘所から唇を離した。

彼は身体を起こし、労《いた》わるように私の腰から腹部を撫《な》でてくる。

「舐められたのは初めてだったか？　よさそうだ」

ぼんやりとしてはっきりしない視界の真ん中で、彼がシャツを脱ぎ捨てている。彫像のような、綺麗《きれい》な身体だと見惚《みと》れていると、また下腹部に指が触れた。

「ふあ」

くちゅり、と指先が襞《ひだ》の奥へ潜《もぐ》り込む。さっきまでとは違って、今度は少しずつ身体の中へと進んで来る。その感覚に、両脚がまた緊張した。

「……狭いな」

ぽつ、と彼が零《こぼ》した一言に、不安になる。

期間が空けば、バージンとはいわずとも身体は閉ざされてしまっているんじゃないだろうか。数年ぶりの行為を、身体はすんなり受け入れるだろうか。

私の視線から、その不安を感じ取ってくれたのか。彰くんは脚の間に指を収めたまま、私を包み込むように覆《おお》い被さる。

「……もしかして、初めてか」

私の顔の横に肘をつき、髪を優しく撫《な》でながら尋ねてくる。

「違う……けど、ずっと前のことで」

「そうか」

彰くんが苦笑いをする。それは優しい表情で、彼は私の耳元に唇を寄せ、ささやいた。

「……妬《や》けるな」

「えっ……」

「前の男の痕跡《こんせき》を全部、かき消してしまいたくなる」

指がぐっと奥に押し込まれ、くちゅりと音を立てた。

「んっ……ふっ……」

決して、乱暴ではない。

ゆっくりと、さっきまでよりもずっと優しく、中を柔らかく解《ほぐ》していく。

恥ずかしさからぎゅっと目を閉じれば、淫靡《いんび》な音と自分の息づかいが余計に耳に響いた。

「痛いか」

すぐ耳元で彼の声がして、小さく頭を横に振った。

痛くはない、死ぬほど恥ずかしいだけだ。

すると、ちゅっと耳に軽く口づけられた。そこから口づけは首筋に移り、下腹部から私の気をそらすように優しい愛撫《あいぶ》が繰り返される。

「ふ……あ、ぁん」

甘く、優しい。

硬くなった身体が少しずつ解《ほぐ》れて、ゆっくりと中心に熱が溜まっていく。

性急な高まりではなかった。さっきのように翻弄《ほんろう》されて、わけがわからない状態じゃない。

しっかりと意識がある中で、身体の感度が高められていく感覚だ。

息が上がり、下腹部からの熱に身をよじる。とろ、とろ、と蜜《みつ》が溢《あふ》れて彼の指を汚していった。それも全部鮮明に、わかってしまう。

「や、あ、ごめんなさ……」

気づけば二本に増えた指に翻弄《ほんろう》され、大きく脚を開かされた状態で、大腿《だいたい》部が小刻みに震える。

「なにが。なにも悪いことはしてないだろう」

「でも、汚れ、ちゃう……」

恥ずかしい。彼の指どころか、きっとシーツまで濡れてしまっている。

泣きそうになりながら見上げれば、苦笑した彼が優しくなだめるように口づけた。

「可愛いことを言うな。加減できなくなる」

そう言う彼の額《ひたい》には、汗が滲《にじ》んでいる。

しっとりと唇を合わせ、舌が深く私の口内に入り込んだ。

「んっ……ふっ……んんっ」

濃厚なキスの合間にも、彰くんの愛撫《あいぶ》は続く。

彼が指を埋《うず》めたまま手のひらをこすりつけ、上下に揺すりはじめた。

ぐちゅ、ぐちゅ、と蜜《みつ》の音が少し激しくなる。

「んっ、んんっ」

かあっ、と頭とお腹の奥が熱くなる。

蜜壺《みつつぼ》にわずかに引きつれたような痛みがあったが、すぐにかき消えた。

身体が小さく震え、きゅんとお腹の奥が鳴く。その途端、とぷりとふたたび蜜《みつ》が零《こぼ》れ、
ゆっくりと彼の指が引き抜かれる。

自分の中がひくひくと物欲しそうに蠢《うごめ》いていた。

「んっ……ああ……」

唇が離れて、甘い吐息とともにささやかれる私の名前。

「茉奈」

彰くんは私に覆《おお》い被さったまま、片手をベッドサイドのテーブルに伸ばした。かた、と音がして、彼が四角いパッケージを唇に挟む。

とろんと溶けた頭でも、それがなにかはすぐに理解できる。彼が私を見つめながら包装を器用に開けた時、このあとの行為を期待して、下腹の奥がどくんと疼《うず》いた。

薄いゴムに覆《おお》われた彼の熱が、指の代わりにあてがわれる。次の瞬間には、ゆっくりと腰が押しつけられ、私の中が押し広げられていた。

「あ、あ、あああ」

足先がしびれる。強い圧迫感はあるが、十分に慣らされたそこはすんなりと彼の熱を受け入れた。

「あ、んんんっ……」

つながりが深くなるほどに、自然と身体がのけぞり喉を晒《さら》す。そこに彼が唇を寄せ、なだめるように舐めてくる。

そうされているうちに徐々に身体の緊張が解《と》け、はあ、と甘い吐息を零《こぼ》した。

その瞬間、ずんっと下腹の奥に重みを感じる。奥までつながったのだ。

「……っ」

低く唸《うな》るような声が聞こえた。

彰くんが私の首筋から顔を上げる。綺麗《きれい》な眉を歪《ゆが》め、汗を滴《したた》らせる彼はあまりにも色っぽく、私のお腹の奥をずくんと震わせる。

彼は一瞬目を細めたあと、苦笑いをした。

「こら。締めつけるな」

「だ、だってっ……」

締めつけた、という意識はなかった。

身体が勝手に、反応してしまうのだ。

無意識にシーツを握っていた手を彼の手が包み、やんわりと解《ほど》かせる。そうして手のひらを合わせると、彼はそれをベッドに押しつけた。

唇が微かに触れ合うくらいの距離で、互いの息づかいが伝わってくる。

つながったまま彼は動かなくて、それは耐えがたいほどもどかしい。それを紛《まぎ》らわすように、私は深く息を吐き出した。

燻《くすぶ》った熱をどうにかしたくて、勝手に腰が揺れてしまう。

「……煽《あお》るのがうまいな。腰が誘ってる」

「さ、誘ってるわけじゃ……」

否定したかったけれど、説得力がない気がして目をそらした。もっと欲しいと疼《うず》く身体を、私が一番理解していた。

彰くんの額《ひたい》から、私の瞼《まぶた》にぽたりと汗が落ちてくる。

彼が指先でそれを拭《ぬぐ》ったかと思ったら、目つきが変わった。抑えていた熱が溢《あふ》れ出したような、欲に濡れた目だった。

「もう、いいか」

「え？」

「久しぶりなら、少し慣らしてからのほうがいいかと思ったが……よさそうだ」

彼のものがずるりと引き抜かれ、その直後――

「ああっ！」

ずん、と最奥に甘い衝撃を受ける。二度、三度と強く奥を抉《えぐ》られ、子宮を揺らされた。

「や、あ、あああ」

耳を覆《おお》いたくなるほど激しい、粘度《ねんど》のある水音が寝室に響く。

高まる体温やふたりの汗が、部屋の湿度すら上げているような気がした。

衝撃で上に逃げる身体を、彼の腕がしっかりと繋ぎ止め、いっそう奥を穿《うが》つ。

「ああ、やだ、やめ、ふ、あああああっ」

こすれ合う粘膜《ねんまく》が熱を持つ。

そこから自分の中身が全部溶け出してしまいそうなほど、熱い。

その熱が全身に伝わり、手足の先をしびれさせた。

頭の芯も溶けてしまって、呂律《ろれつ》が回らない。

「あああああっ、もう、はいらな……」

彼が一度腰の動きを止め、私の両脚を抱え上げた。けれどすぐにまた強く腰を押しつけられ、もう一段奥があることを教えられる。

もうこれ以上奥はないと思っていたのに、子宮の入口に彼の熱をぶつけられ、ぐりぐりと揺すられた。頭の中を直接かき混ぜられているような強い刺激が襲う。

なんとかそれから逃げようと頭を振るが、快感を振り払えずに持てあましてしまう。

なのに、さらに彼の片手が下腹部に伸びていく。その先にあるのは、さっき、彼の舌でさんざん嬲《なぶ》られた場所だ。

奥を突き上げられながら、敏感な花芽を親指でくるくると撫《な》でられると、痛みを感じるほどの快感が押し寄せてきて悲鳴を上げた。

「ああっ！　ああ、ああっ！」

さっき達したばかりで、過敏になっているのだ。

ぐちゅぐちゅと激しく中をかき回されて、溢《あふ》れた蜜《みつ》がお尻にまで流れていく。

一番に快感を拾い集める小さな蕾《つぼみ》と中を同時に刺激されて、身体は階段を駆け上がるように高められ――

「あああああっ！」

がくがくっ、と腰が激しく痙攣《けいれん》した。きゅうっと中が収縮し、彼の熱を締めつける。ぐう、と彼が喉を鳴らしたかと思えば、私の蕾《つぼみ》を解放し腰の律動《りつどう》を速くする。

「あんっ、やっ、ひあぁ」

達したばかりの身体を攻め立てられて、チカチカと星が飛ぶ。目の前が真っ白になり、上半身が悶《もだ》えて背がしなった。

「茉奈……まだだ」

奥を突き上げられるたび、反動で私の身体がずり上がる。それを引き留めるかのように、彼の片腕がしっかりと私の肩を抱いた。

甘い衝撃が、いっそう強く私の中心から頭にまで響いて、喉が詰まって声すら出ない。がくがく、とふたたび腰が痙攣《けいれん》しはじめ、あまりの快楽に恐ろしくなり、私は彼の身体にしがみついた。

「イキそうか」

「ひっ、あっ」

まともな言葉が出ない。汗と涙にまみれた私の瞼《まぶた》を、彼の舌が舐めあげる。それから、耳元で甘く優しい声で、恐ろしいことをささやいた。

「少し、激しくするぞ」

これ以上は無理だ、と頭を横に振った。

けれど、彼は優しく私の名前を呼びながら、一番奥を強く抉《えぐ》り、何度も腰を押しつける。

「茉奈……茉奈」

「あっ！　あああぁぁ」

身体の中を突き上げ激しく揺らされ、頭の中が真っ白になった。

膣壁の脈動を、自分でも感じる。

大きく背をのけぞらせ痙攣《けいれん》を止められない私の中で、彼の熱が大きく膨《ふく》らみ、どくんと脈打った。

「あ、ああ……っ！」

彰くんが私の身体を強くかき抱く。彼は小さく何度か身震いしたあと、私の上で肩を上下させた。

それがゆっくりと落ち着き、荒い息が整いはじめる。

これで終わったようだ。そう悟ると、気が抜けたのか急激に身体が弛緩《しかん》し、頭の中に霞《かす》みがかかっていく。

「茉奈……」

彼が顔を上げ、私の唇に口づけた。

唇の表面を舐め、労《いた》わるような優しいキスにぽろっと涙がひとつ零《こぼ》れる。

大丈夫か、との問いかけに答える余力はない。

ぼんやりと白く煙《けむ》るような意識の中で、彼の体温と優しいキスを感じながら、私はそっと瞼《まぶた》を閉じた。

目覚めた時には、彰くんはもうベッドにはいなかった。シーツを手で触ると、そこに体温の名残《なごり》はすでにない。

私は、自分のものではないナイトガウンを着ていた。恐らく彼が着せてくれたのだろう。それは覚えていないけれど、夕べのことはちゃんと記憶には残っている。

──私、彰くんと……

そうだ、彼に抱かれた。なのに、今、ひとりベッドにいることがひどく寂しく感じられた。

「……彰くん？」

ゆっくりとベッドから起き上がったが、なんだかふわふわとして頼りない。

「……あれ」

立ち上がろうとしたけれど、膝《ひざ》にうまく力が入らなかった。それに、身体がひどくだるくて重い。昨夜の行為の名残《なごり》だと思うと、少しくすぐったく感じる重みでもあった。

そういえば、今は何時だろうか。いや、それ以前に何曜日？

働かない頭を必死で動かし、今日が平日だということに気がついて慌ててスマホを探す。

それはサイドテーブルの上に置かれてあり、時刻を確認してさあっと血の気が引いた。すでに昼間近。出勤時間はとうに過ぎていたのだ。

「嘘っ！」

どうりで、彰くんがいないはずだ。とっくに出勤しているのだろう。

だったら私も起こしてくれたらいいのに、とスマホを片手に慌てふためく。

チカチカと点滅するランプが、受信メッセージがあることを知らせている。当然、店からの連絡だろう。

急いでメッセージアプリを開くと、予想に反して彰くんからのメッセージが表示された。

『おはよう。今日は体調不良で休むと店には連絡を入れてある。ゆっくり寝てろ』

メッセージを読んで、しばし呆然とする。

一体、なんて話したのだろう？

私本人からではなく、彰くんから連絡があったことを、今頃店ではどういう風に受け取られているのだろう?

今すぐ私も連絡を入れて、午後からでも出勤するべきかと考えた。が、すぐにそれは無理だと悟った。

もう一度身体を起こそうとしたのだが、やはり力が入らずベッドに倒れ込む。少しすれば動けると思うが、午後から半日、立ち仕事に耐えうるかと思えば自信がなかった。

――仕方ない。今日は甘えさせてもらおう。

今からもう一度連絡を入れるほうが混乱させてしまいそうだし、夕方にお詫《わ》びと、明日はちゃんと出勤することを伝えるほうが無難だろう。

それにしても、まさか休みを取らなければいけないことになるとは思わなかった。

もともと数えられるほどの経験しかないけれど、意識を飛ばしたことはなかったし、こんな風に足腰が立たなくなるようなこともなかった。

それくらい昨夜の行為は激しく、濃密なものであった。

思い出してしまい、かあっと身体が熱くなる。

それを誤魔化《ごまか》すように、スマホを持ったままころんとベッドに寝転がった時だった。

スマホが小刻みに振動しはじめる。彰くんからの通話着信だ。

一瞬、出るのに躊躇《ためら》ったのは、気恥ずかしさがあったから。

なにを言えばいいのかわからない。だが、彼はきっと仕事中であるにもかかわらず、私を心配してかけてきてくれたのだろう。

彰くんからのメッセージが既読になったことに、気づいたからかもしれない。

出ないわけにはいかなかった。

「もしもし……彰くん？」

『茉奈。身体は平気か？』

優しい声に、きゅっと胸が苦しくなる。なのに嬉しくて、顔が綻《ほころ》んだ。

「うん……大丈夫。起こしてくれたらよかったのに」

『無理するな。今から、コンシェルジュが少しだけ部屋に入るが、茉奈は寝室から出なくていい』

「えっ？　どういうこと？」

『いいから。誰もいなくなったら、リビングに行けばいい』

意味がわからないが、彰くんは忙しいのかはっきりと説明しないまま、『今夜は早く帰る』とだけ言って電話を切ってしまった。

それから十分後くらいだろうか。彰くんの言った通り、玄関のドアが開いて「失礼いたします」と声がした。

リビングのほうでなにやらしていたかと思えば、それほど時間もかからずに気配はまた玄関へ移動する。

「失礼いたしました」

そんな声とともにドアが閉まり、ロックがかかる。

一体、なんだったのだろう。おそるおそる寝室を出て、まだ違和感の残る下半身をどうにか動かしながらリビングに向かった。

「……わあ」

コンシェルジュがなにをしていたのか、すぐにわかった。

広いダイニングテーブルの中央に、薔薇《ばら》のアレンジメントが飾られている。ピンクと白のグラデーションの薔薇《ばら》に、色鮮やかなピンクの大輪の薔薇《ばら》が差し込んであった。それらは束《たば》ねられてガラスの器に飾られ、テーブルを華やかに彩《いろど》っている。

用意されていたのは、フラワーアレンジメントだけではなかった。クロワッサンやサンドイッチ、銀色の器に入ったスープ。飾り切りされたフルーツにいたってはひとりでは食べきれないほど多く、大きなお皿に華やかに盛りつけられていた。

ガラスのワインクーラーには氷が敷き詰められ、グレープフルーツジュースとミネラルウォーターのボトルが冷やされている。

「……い、至れり尽くせり、すぎる」

本日二度目の、呆然。

ゆっくりとテーブルに歩み寄り、椅子に座った。フラワーアレンジメントに顔を寄せれば、薔薇《ばら》のいい香りが鼻孔《びこう》をくすぐり、ほっと心が癒《いや》される。

用意されていた四角いお皿に、クロワッサンのチーズサンドとフルーツをいくつかのせた。

「……美味《おい》しそう」

なんて、贅沢《ぜいたく》だろう。ぱく、とクロワッサンに齧《かじ》りついた。

できることなら、ひとりきりじゃなく彰くんとふたりで楽しみたかった。けれどそれこそ、贅沢《ぜいたく》というものだ。彼は忙しい人なのだから。

私を寝かせておいてくれたのも、身体を気遣ってくれたからに違いないのだ。

その日の夜、彰くんは電話で言っていた通り、夕食時には帰ってきてくれた。

「あ……、お、おかえりなさい」

リビングに入ってきた彼を、テーブルに食事を並べながら迎える。ひどく、照れくさかった。

「ただいま。なにをしてる？」

「え？　ハンバーグを作ったんだけど……」

眉根を寄せて彼が近寄ってくる。どこか不機嫌そうで、ハンバーグは嫌いだっただろうかと不安になった。

「そうじゃない。大丈夫なのか」

テーブルにはすでに、ハンバーグとつけ合わせの野菜がのったお皿と、コンソメスープがふたつずつ並んでいる。

ポテトサラダのボウルを中央に置き、彰くんに向き直る。それと同時に、ビジネスバッグを椅子に置いた彼が近づいてきて、するりと私の腰を撫《な》でた。

その仕草で、彼がなにを『大丈夫』かと尋ねていたのか悟る。

「あ……大丈夫。最初は立てなくて、びっくりした」

ぽう、と頬を熱くさせながらも笑って答えると、彰くんは私の腰に腕を絡ませ、ぴたりと身体をすり寄せたあと、こめかみにキスをしてきた。そしてそのまま、耳元でささやく。

「……失神したみたいに眠って、まったく起きる気配がなかったからな。心配した。少し血も出ていたし」

「えっ……」

思わず下腹部を押さえる。久しぶりで、確かに痛みはあったけれど、血が出るほどだとは思わなかった。

「最後、気遣う余裕がなかった。悪かったな」

「も、もしかして、彰くんがっ……」

朝起きた時には身体は綺麗《きれい》になっていた。それこそ、血なんてわからなかったくらいだ。

つまり彼が、私の身体を拭いてくれたのだろう。私が眠ってしまっている間に。

そう気がついて慌てる私の耳元で、彰くんはくすくすと笑う。

「他に誰がいる？」

そう言いながら、彼の片手は労《いた》わるように私の腰を撫《な》でている。

「無理にでも起こしてくれたらよかったのにっ！」

恥ずかしさのあまり、顔を彼の胸元に押しつけて隠した。

「恥ずかしがることでもないだろう、身体の隅々まで全部見たのに」

「そういう問題じゃない！」

わかっている、今さらだ。

身体中、彼の知らないところはもうないんじゃないかと思うくらい、隅々まで触れられた。

だが、それとこれとは話が別だ。眠っている間に秘められた場所のケアを彼にしてもらうなんて、考えただけでも恥ずかしい。

彰くんの胸に顔を埋《うず》めたままでいると、彼がつむじにキスをする。それから額《ひたい》にも……

顔を見せろと促《うなが》されているのがわかり、そっと顔を上げる。

間近で視線が絡んだ。恥ずかしさで自分の目が潤《うる》んでいくのがよくわかり、それがまた羞恥《しゅうち》につながる。

けれど、彼の瞳も私の表情を映した途端、熱を帯《お》びるのがわかった。

熱い視線を交わらせながら、彼の顔が傾いて近づく。

——あ。キス、だ。

それも多分、濃厚な。心臓を高鳴らせながら、目を閉じた。

——ちゅ。

唇同士が触れ合ったのは一瞬だった。

舌を絡めることもない、優しい、あやすようなキスがひとつ。ただそれだけ。

腰に絡んでいた腕もするりと離れていった。

「腹が減ったな。食事にしよう」

「あ、はいっ！」

期待してしまっていたのが、バレていなければいい、と思った。

気恥ずかしさをかき消しながら、ぱたぱたと小走りでキッチンに戻り、飲み物と箸《はし》を準備する。

食事の間も、彼の仕草ひとつ、表情ひとつに胸が高鳴る。そうやって終始ドキドキしながら彼と食事をすませた。

無性に、触れたかった。

昨夜のように抱いてほしいというよりは、あの夢のようなひと時が現実だったのだと実感したかった。

もしくは、ただ、甘えたかっただけかもしれない。

ダイニングの片づけを終え、やっとゆっくりできると思い、リビングにコーヒーを運んだ時だった。

「仕事を片づけてくる。茉奈は先に休んでいろ」

コーヒーカップのひとつを受け取ると、彼は私の額《ひたい》に軽くキスして、そのままゲストルームにこもってしまった。

「はい……」

伸ばした指の先を掠《かす》めていったような感覚。一抹《いちまつ》の寂しさ。

忙しい人なのだから仕方ない、となんとか気を取り直して、私はコーヒーをひと口すすったのだった。

＊　＊　＊

夏本番。強い陽射しは窓ガラス越しでも、眩暈《めまい》がしそうなほど眩《まぶ》しい。道行く人がうんざりと空を見上げる、そんな姿をよく見かけるようになった。

カフェ店員の私たちは、エアコンのきいた室内にいられるので恵まれている。とはいえ、中と外の気温差で体調がおかしくなりそうで、それはそれで弊害《へいがい》もあった。

「立河さん、もう時間だから上がってー！」

夕方、少し混み合っていたが、店長がそう声をかけてくれた。

本当に抜けて大丈夫だろうかと店内を見回す。すると香山さんが接客しながら小さく目配せしてくれる。

私は「すみません」と小さく会釈《えしゃく》をしつつ、カフェエプロンを外した。

「お疲れ様です。お先に失礼します」

日が長くなってきたので、まだ外は明るい。店の外に出ると、いつもの場所に佐野さんの車があった。

「お疲れ様でした。今日はどこかに寄られますか？」

運転席から出てきた佐野さんが、後部座席のドアを開けながら言った。

「ありがとうございます。今日はまっすぐ帰ってもらって大丈夫です」

冷蔵庫にはまだ食材が残っていたから、今日はありもので作るつもりだ。

後部座席の奥を、ちょっと期待しながら覗《のぞ》いて、誰もいないことに気落ちする。

「彰くんは、今夜も遅くなるんでしょうか？」

車が走り出してすぐ、つい運転席に向かって尋ねてしまった。あまりいい答えは期待していなかったけれど、ミラー越しに佐野さんが微笑むのが見えた。

「会食はありますが、今日はできるだけ早く帰るそうです」

「あ……、そうなんだ」

食事は必要ないみたいだけれど、顔を見ることはできそうだ。

そわっと心が騒いで、自然と口元が緩んだ。


自分だけの夕食はなんだかきちんと作る気になれなくて、簡単にすませてしまった。

後片づけを終えて入浴をすませ、部屋着にしているコットンワンピースを着ると、再びキッチンに立つ。彰くんが帰ってからお酒を飲むだろうから、そのためにお酒のおつまみを用意しておこうと思ったのだ。

トマトとモッツァレラチーズを交互に盛り合わせ、ブラックペッパーとオリーブオイルをかける。会食だと言っていたから、あっさりしたものがいいだろうと、二種類の葉物野菜とスライス玉ねぎを交ぜ合わせてボウルに盛り、自家製のドレッシングも用意する。

玄関でドアの開く音が聞こえたところで、それをサラダにかけてざっと和《あ》えた。

「おかえりなさい」

「ああ、ただいま」

リビングに入ってきた彼に駆け寄ろうか、どうしようか迷った。

初めて彼に抱かれた夜から、二週間。

あの夜、私たちの関係は変わったのかと思っていた。けれど、あれから彼と接する時間が極端に短くなり、夜も抱かれていない。

ただ忙しいだけなのだろうと自分を納得させるけれど、どうしても寂しさは消せない。

自分がどういうつもりでここにいればいいのか、私は見失いかけていた。

頭の中で引っかかっているのは、あの夜が明けたあとの、彼の妙な素っ気なさだった。

甘い言葉を散々ささやかれ、情熱的に抱かれたあとで、それはとても寂しく感じた。

微妙に距離が空《あ》いたまま立ち止まった私を、彼が不思議そうな顔をして見つめる。

「どうした？」

「あ、ううん。なんでもない。お酒飲むかなと思って、つまむもの作ってあるよ」

トマトとチーズの盛り合わせは、すでにリビングのローテーブルに置いてある。ふたたびキッチンに入り、出来上がったサラダも運ぼうとすると、彼がすぐうしろに立った。

「彰くん？」

する、と腰に彼の手が触れる。軽くハグされ、その体温にどきりとした。

彼は私の髪に軽くキスをして、すぐに離れた。私の背後にあった食器棚を開け、グラスを手にする。

「茉奈も飲むか」

「あ……どうしようかな。明日も仕事だし……」

家でお酒を飲むことはあまりない。もう少し早い時間ならよかったのだけれど……せっかく誘ってくれたから、ちょっと迷った。

「じゃあ、やめとくか。ジュースかアイスコーヒーは？」

「アイスコーヒーにする。彰くんは？　なに飲むの？」

「ビールでいい」

私が冷蔵庫からビールを出している間に、彼がコーヒーを淹《い》れてくれた。グラスに氷を入れて、マシンでエスプレッソを注《そそ》いでくれている。

優しい。やっぱり、不安になる必要はなかったのかもしれない。

取り皿とグラス、サラダボウルをリビングに運んで、ソファに隣り合わせて座る。

この頃彰くんは本当に忙しそうで、こうしてゆっくり座る時間もあまりなかった。遅くに帰ってきて、いつのまにかベッドに潜《もぐ》り込んでいるという日が続いていたのだ。

彼はソファの背もたれに身体を預け、深く息を吐き出しながら片手でネクタイを緩めている。

「ずっと忙しそうだったけど、ちょっと落ち着いたの？」

尋ねながらビールを注《つ》いだ。すると彼は余程喉が渇《かわ》いていたのか、一息にグラスの半分ほどを空けた。

「ああ……まあ。いつもこんなもんだけどな」

「えっ」

「ああ、そうだ。明日から出張だ。一週間留守にする」

「ええっ⁉」

ゆっくりしている場合ではないじゃないか、と思わず声を上げてしまった。

しかも、出張先はイタリアだという。K&Vホールディングスは海外にも進出しているので、なんら不思議なことはないのだけれど。

「わかった……急なんだね」

「悪い。一週間も留守にして、寂しいかもしれないが」

そうだ。本当に寂しいと思ってしまっている。

彰くんは、私の内心を見透《みす》かすように目を合わせ、意地悪な笑みを浮かべた。

少しゆっくりできるのなら、話がしたいと思っていた。私たちには会話が足りていないような気がしていたから。

真剣にそう思っていたのに、そんな意地悪な顔をされては、ちょっとカチンときてしまう。

「気にしないで、お仕事なんだし」

つい語気が強くなり、なんでもないことだと主張してしまった。

けれどそんな強がりは、お見通しらしい。彼は、するりと私の腰に手を滑《すべ》らせる。

「え……きゃっ！」

急に強く抱き寄せられ、彼の上半身に抱きつくような姿勢になってしまう。軽々と腰を持ち上げられ脚をつかまれて、気がつけば私は向かい合う形で彼の膝《ひざ》の上にのせられていた。

「あ、彰くん、ちょっと……」

不自然かつ恥ずかしい体勢に、慌てて上半身を起こして抗議しようとしたが、彼の大きな手に首筋を優しく撫《な》でられ邪魔される。

「寂しいかもしれないが、不安にはならなくていい」

「え？」

どういうことだろう？

首を傾《かし》げる私に彼は、呆《あき》れた顔をする。

「田所には弁護士を通して話をつけてある。もう二度とつきまとい行為はしないと念書を書かせた」

「あ……田所さん？」

呆《あき》れ顔の理由を理解した。あれだけ怖い思いをしたのに、もう忘れたのかと言いたいらしい。別に忘れていたわけではないけど、ここにいれば不安を感じることはなかった。

あの日、彰くんに取り押さえられてから、田所さんがどうなったのか全然聞いていない。けれど、どうやら彼がそのあとの対応もしてくれていたらしい。

仕事で忙しいうえに、そんなことまでしてくれていたのかと、驚きと同時に申し訳なさも込み上げる。

「自分のしていることがストーカー行為だとは気づいてもなかったみたいだったが、家族があるからな。さすがに目が覚めたらしい」

「えっ。引っ越し先や新しい職場まで調べておいて、自覚がないって……」

「しかも隠し撮りまでしておきながら、な。まあ、ストーカーなんてそんなものだろう」

彼のまとう空気が甘さを増したことに気づき、どくんと心臓が跳ねた。

私の首筋を撫《な》でる手が、ゆっくりと耳の周囲を刺激する。

「そういうわけだ。もう怖いことは起こらない」

「あ……ありがとう。なにからなにまで」

そっと首筋を引き寄せられ、逆《さか》らえなくて顔が近づく。あまりにじっと見つめられ、つい逃げるように視線をソファの背もたれにそらせば、彼は咎《とが》めるように私の鼻先に噛みついた。

「いたっ」

「茉奈」

驚いた拍子に視線が彰くんのほうへ戻る。そうして、彼の目に映る自分の顔を見ているうちに、ゆっくりと唇が重ねられた。

くちゅ、と音をさせながら、舌先を浅い場所で絡ませる。

彰くんは誘い出した私の舌を、表面から裏まで舐めて、唇で吸い、少し離れてはまた舐めた。緩やかでいて官能的なそのキスは、じきに私をとろけさせてしまう。

ここ最近の杞憂《きゆう》を吹き飛ばしてしまうほど、彼の唇は甘く私の口内を蹂躙《じゅうりん》した。

「んんんっ……」

奥深く差し込まれた舌が上顎《うわあご》を撫《な》で、こすれ合う唇は濡れるほどに滑《すべ》り、敏感になる。

背がのけぞりそうになるのを、首筋を捕らえた手が阻《はば》む。あまりの息苦しさに、空気を求めて彼の肩を押し返そうとした。けれど、そんなのは抵抗にもならない。

「……ん、ん」

力が抜けて、身体が彼の腕の中で傾いていく。キスをしながら、彼の腕に支えられるようにしてゆっくりとソファに倒された。

クッションの上にそっと頭が置かれると、少しだけ唇に隙間ができる。

「はあ……ぁ……んんっ」

長いキスで酸欠気味だった私は、思い切り空気を吸い込んだ。

その時、彰くんの手がするりと太腿《ふともも》の裏に回り、ワンピースの裾《すそ》を乱してしまう。直接触れた指先が、くすぐるように肌を刺激した。

「……彰く、ん」

ざわっと腰に刺激が走り、吐き出された声は甘かった。

もうとっくに、力は入らなくなっている。だらしなく開いた唇は、再開されたキスをなんの抵抗もなく受け入れた。

太腿《ふともも》の裏をくすぐっていた指先は、膝《ひざ》を掠《かす》めて内腿《うちもも》に潜《もぐ》り込む。

「ん、んふ……ぁ」

唾液が口から零《こぼ》れて、そのあとを追うように彼の唇がそれていった。頬から首筋を舐められ、耳に彼の吐息がかかる。

ざわ、と肌が粟立《あわだ》った。耳の縁を唇でたどられ、身を捩《よじ》る。

「はっ……あぁっ」

思わず吐き出した息は熱くて、甘い声とともに響いた。

大きくて熱い手のひらが、絶えず内腿《うちもも》を撫《な》でる。耳や首筋を舌でたどられ、波が押し寄せるように身体の熱が上がっていく。

「……あの男の心配はもういらないが、他の虫がつかないようにしておかないとな」

「あっ……っ!?」

首筋にふっと息を吹きかけられたと思ったら、強く吸いつかれた。痛いほどに強くて、私は驚いて身体を強張《こわば》らせる。

「んんっ……」

数秒そうしたあと、彼がぺろりとその箇所を舐めた。

痕《あと》をつけられたのだと気づいて、じわりと身体の中心が火照《ほて》る。

そんな私をソファに倒したまま、彼は上半身を少しだけ起こした。彼の片腕には、私の左脚が抱えられている。

片脚だけ肩に担がれて、スカートが際どいところまでめくれ上がり、慌てて裾《すそ》を両手で押さえた。

ぬる、と膝《ひざ》で柔らかく濡れた感触がして目線を上げれば、彼が抱えた脚の膝《ひざ》から内腿《うちもも》へ唇を滑《すべ》らせていた。

「やっ……！　あ！」

内腿《うちもも》を舌で撫《な》でては止まり、肌に吸いつく。

ちら、と彼の目が私を捕らえた。その艶《つや》っぽい瞳に、心臓とお腹の奥がずくんと疼《うず》く。

「んっ……」

そしてまた少し奥へと進み、音がするほどに強く口づける。それを繰り返しながら、徐々に際どい場所へと近づいていく行為に、スカートの裾《すそ》を押さえる手が震えた。

「ああ……」

お腹の奥がしびれた。触れられてもいない場所に、蜜《みつ》の気配を感じる。

彼の唇が内腿《うちもも》をこすり上げ、ゆっくりと付け根のほうへ下りていく。

キスだけで感じて、濡れていることを、知られてしまう。いや、もう匂いでバレているのではないか。そう思うと、恥ずかしくて仕方がない。

彼の唇は容赦なく内腿《うちもも》を這《は》う。めくれ上がったスカートの裾《すそ》ぎりぎり、私の手のすぐ近くで彼の吐息を感じた。

そこに一際強く吸いつかれる。

「あんっ」

驚いて思わず声がもれた。

彼はそこにずっと吸いついたまま、なかなか離してくれない。柔《やわ》い肌が彼の唇に吸い上げられ、ちゅくちゅくと舌で撫《な》でられ続ける。

柔《やわ》く、鈍い刺激から逃げようにも、しっかりと脚と腰を押さえられていてかなわない。

ちゅっ、と最後に軽く啄《ついば》んで、彼が満足そうにそこを舐めあげた。

その時には、すっかり骨抜きだった。

スカートを押さえていた手を、彼の手に取り払われる。

荒く息をしながらとろけた目で彼を見れば、同時に自分の太腿《ふともも》も視界に入る。

「ちょっ……こんなにっ」

点々と、大腿部《だいたいぶ》の内側に赤い小さな痕《あと》が散っている。

最後に強く吸われた脚の付け根の近くには、一際大きくくっきりとしたキスマークがつけられていた。

彰くんはふたたび私に覆《おお》い被さり、さっきまでとは違う優しいキスをする。

「いい子で待ってろよ、茉奈」

これは、彼の独占欲だろうか。そう思うと嬉しくて、ただ大人しくうなずくほかなかった。

＊　＊　＊

お客様が引いている間にレジ周りの整理を、と思いレジカウンターに立った。だが、数分もしないうちについ手を止めてしまい、ぼんやりと外を眺める。

彰くんが海外出張に行ってから、五日。

この頃すぐ、意識がよそに飛んでいってしまう。どんなに気をつけていても、だ。

……彰くんは、大丈夫だろうか。向こうも暑いのだろうか？

もっとも彼は、この炎天下《えんてんか》に外回りをするような仕事はしないのだろうが。

「立河さんっ！」

「えっ！　はいっ？」

突然大きな声で呼ばれて、慌てて振り向いた。

香山さんが腰に手を当て、呆《あき》れた顔で立っている。

「お客様少ないし、一緒に休憩行ってって店長が」

「あ、そっか。わかった」

ぺち、と自分で頬を叩いた。

仕事中もついぼんやりとしてしまって、香山さんや店長に注意されることが増えている。さすがに接客中はしゃんとしているつもりだが、暇な時間があるとダメだ。

気がつくと、彰くんのことを考えている。

店の奥の休憩室でパイプ椅子に座り、またしても私は物思いに耽《ふけ》ってしまい、ぽんっと彰くんの表情が思い浮かんで胸が苦しくなる。

その痛みを誤魔化《ごまか》そうとして、アイスコーヒーをストローで思い切り吸い上げたら、あまりの甘さに舌がびっくりした。

「あ！　あまっ⁉」

「そりゃ……立河さん、ガムシロップ三つも入れてましたもん」

香山さんが私を見てにやにやと笑っている。

「ちょっ、見てたなら止めてよ！」

「気づいたら空《から》の容器が三つ転がってたんですよ。時すでに遅しでした」

私のグラスの周りを見れば、確かにころころころっと三つ、封の開いたガムシロップの容器が置かれていた。

休憩室にあるテーブルの真ん中には、自由に使えるようにホット用とアイス用のシュガーとミルクが置いてある。そこから自分で取って入れたらしかった。

「また王子のことでも考えてたんじゃないんですかぁ？　今、出張中ですもんね」

香山さんの中で、私と彰くんは両想いだと認識されている。だが、私はそれを認めていいのかわからず、曖昧《あいまい》に誤魔化《ごまか》してあった。

肌を重ねたにもかかわらず、そこまで遠慮してしまうのには理由がふたつある。

ひとつは、『好きだ』と気持ちを伝えてもらったのが、一度だけだということ。まだ夢の中にいるようで信じられない気持ちが強いのか、実感が伴《ともな》わないのだ。

そしてもうひとつの理由は、彰くんの立場だった。

彼はいずれこの大きな企業を背負っていく人なのに、私なんかで釣り合うのか、世間はどう思うのか。それが最大にして、怖くもある理由だった。

そんな不安のせいか、彼の顔ばかり頭に浮かぶ。久しぶりに気を使うことなく、ひとりの時間を満喫できる機会だというのに、消えてくれない。

どんなに忙しくても毎日必ず一度は彼の顔を見ていた生活は、いつのまにか私に染みついていたのかもしれない。

特に思い出すのは、出張前日の、恐ろしいほどに甘く、それでいて苦いあのひと時。

私の首筋と内腿《うちもも》にいくつも独占欲の証《あかし》を残し、濃厚なキスで私の身体を溶かしておきながら、彼は結局抱かなかった。

――明日は早く出る。茉奈ももう休め。

人の身体に火をつけておいて、それはない。おかげでこの数日、暇があればあの濃厚なひと時が頭を過《よぎ》ってしまい、そのたびに身体が火照《ほて》って仕方がないのだ。

今も思い出しただけで、首筋や内腿《うちもも》がジンと熱を持った気がした。もう痕《あと》は消えかかっているけれど……どうしてもその場所に彰くんの存在を感じてしまう。

慌てて膝《ひざ》をすり合わせ、首筋を手で覆《おお》った。

「立河さん、立河さん！」

「え、あ、なに？」

「チョコ食べますかって」

見ると、香山さんが私に向かってチョコの入ったボックスを差し出しているところだった。

「ごめん、ありがと」

「またぼーっとしてました」

「ごめんってば」

ありがたく、ボックスから個包装されたチョコレートをひとついただく。

封を破いて口に入れると、カカオパウダーのほろ苦さのあと、甘味が口の中に広がった。

「あの、立河さん」

「このチョコ、美味《おい》しいよね。私も好き」

ぼんやりしている理由を聞かれて彰くんとの話になれば、やっぱりまたにやにや笑ってからかわれるに決まってる。

そう思って話をそらそうとしたのだけれど、ちらりと見た香山さんの顔は、私が思っていたのとは違っていた。

「……立河さんて、柏木専務と、まだ恋人ってわけじゃない、んですよね？」

香山さんは心配そうに眉尻を下げて言う。

「えっ？　ちっ、ちがうよ、もちろん」

勇気がなくて、そう答えるしかなかった。

香山さんは私をからかうためにそんな話を切り出したわけではないようで、少しほっとしたように見えた。

「よかった……ほら、私が不動産屋に一緒に行った時。なにかしら気持ちがないと、一緒に住まわせたりしないんじゃないかって、言っちゃったじゃないですか」

確かに言われた。あの時は、まさかと思って聞き流していたけれど、今は状況が違っている。彰くんは『好きだ』と言ってくれた。……ただ、そのことに自信と実感は伴《ともな》わないけれど。

だが、今の彼女はそれは間違いだったと言いたげだ。どこか言いづらそうに、私の表情をうかがっている。

「香山さん？　どういう意味？」

嫌な予感がした。けれども聞かずにはいられず身を乗り出すと、香山さんは私の表情をじっとうかがいながら話をする。

「……えっと。王子……柏木専務からは、なにも聞いてないんですか？」

「聞くって、なにを？」

そこで彼女は一度黙り込む。

言うべきかどうかを迷っているようだけれど……これでは『なにかある』と言っているようなものだ。

「香山さん？　気になるからちゃんと言ってよ。なんの話？」

問い詰めると、彼女はそこで吹っ切れたようにぱっと顔を上げた。

「今日、テーブル席にオーダーを聞きに行った時に、隣に秘書課の女性がいて……耳に入ってきたんですよね」

「なにが？」

「柏木専務、婚約者がいるみたいです。常務のお嬢さんで……今、専務の秘書を務めてらっしゃるって」

聞いた途端、頭の中が真っ白になった。

チョコレートの包装をもてあそんでいた指が震え、カサカサと音を立てる。

「あ！　でも、でも、急に持ち上がった話みたいですから！　だって今までそんな噂、流れてなかったですしね」

香山さんが、気を使ってくれているのがわかる。慌てて笑顔を取りつくろったが、私の頭の中はぐるぐると混乱していた。

「あ……そうだよね。前からあったんなら、今まで聞こえてこなかったのは変だもんね」

「急すぎるし、なにか事情があるかもですね」

「でも、それならそれで早く言ってくれたらいいのに。ね。……はは」

もれた笑いは、乾いたものだった。

知らない。婚約者どころか、秘書がいることも知らなかった。というか考えたこともこんな大きな会社の取締役専務に、秘書がいないはずがない。

「……恋人じゃ、ないんですよね？」

「ち、違うよ！　もちろん！　あ、ほら。私が住むとこが見つかるまで、食事作らせたりして便利に使われてるだけなの」

チョコレートをもうひとつもらって頬張って、ほろ苦さに口を閉ざす。自分の言葉にひどく胸が痛んだ。

じんわりと汗が滲《にじ》む。なのに、身体は冷えて手の震えが止まらなかった。

どうして彰くんは、なにも言ってくれなかったのだろう。

いつから？　私と一緒に住む前から？　それともあとから？

様々な疑問が湧き上がる。

好きだって言ってくれた……あの言葉は？　信じていいの？

どの疑問も、私が考えたところで答えが見つかるものではなかった。

混乱して、まともに思考が働かない。

それでもひとつ、気づいてしまったことがあった。

婚約者が秘書ということは、今、海外出張にもその女性は同行しているのかもしれない。

仕事が終わり、いつも通り佐野さんに迎えに来てもらってマンションに帰る。ひとりの時間になると、考えることはなおさら彰くんのことばかりになった。

帰ってくるまであと二日……

ぽふん、とソファに腰を落とし、スマホを手に取る。食事を作る気にはなれなかった。お腹も空かない。ただただ、スマホの画面を見つめた。

この五日間、彰くんからの連絡はない。

「……どうして？」

婚約者がいるならどうして、彼は私を束縛するのだろう。これすらも、からかいの一環だというのだろうか。

このソファの上での甘いひと時を思い出すたび、身体が熱くなる。この赤い痕《あと》は束縛の印ではなかったのだろうか。

――子供の頃のように、泣かせたいから？　だったら、彰くんの勝ちだ。

ぽろ、と涙が一粒零《こぼ》れた。一度零《こぼ》れたらもう我慢なんてできなくて、いくつも雫《しずく》がスマホの画面を濡らす。

『俺以外の男に、二度と触れさせるな』

『好きだ。お前は誰にも渡さない、逃がさない』

あの言葉が全部嘘だったとしたら、からかうだけにしては、随分《ずいぶん》徹底している。

「ううっ」

触れ合った肌の熱も鮮明に思い出せるのに、今は身体がとても冷たい。

なにが嘘でなにが本当なのか、とても判断できないまま、ただ負の感情を全部吐き出すように、涙を流した。

まさに号泣だった。涙は時に、気持ちを切り替えるきっかけになるのだと思う。

泣くだけ泣いたら少しはすっきりして、自分の感情が徐々に明確になっていった。

『哀しい』もあったけれど、『悔しい』というのもあって、彼が帰ってきたらどう話を切り出してやろうか考えると、怒りと一緒に気力も湧いてきたりする。

そのくせ、私は彰くんからの連絡を待ってしまっていて、突然ブブッと振動したスマホに驚いて心臓が跳ねた。

彰くんからの連絡かと無意識に期待してしまっていたけれど、液晶画面に表示された名前は彼のものではない。

だけどある意味、私にとってはタイムリーな連絡だった。

すぐ家を出て、電車に乗った。

一瞬、佐野さんに車を出してもらったほうがいいかと思ったけれど、一度帰宅したあとだ。出かけるのにわざわざ呼び出すのは申し訳ない。

結局黙って出てきたのだが、もしこれが彰くんにバレたら怒られるのだろうか。

でも、これから会う相手は彰くんもよく知ってる人だし、なにも問題はないだろう。

駅の改札を出てすぐ、ウッディで洒落《しゃれ》た外観の美容室のドアを開ける。

時間は夜八時。店内にはお客さんがまだいて、背の高い男性店員が私の顔を見て近寄ってきた。

颯太くんだ。

「茉奈。悪いな、急で」

「急すぎるけど、慣れてるからいいよ。久しぶり」

颯太くんがまだ見習いだった頃から、私は彼に髪を切ってもらっている。

最初はシャンプーの練習からカラー、カットにパーマと何ヶ月かに一度のペースで練習台になっていた。

今ではすっかり売れっ子になってしまった彼だが、あの頃のお礼ということで、こうして予約が空《あ》いた時に連絡をくれ、タダで施術してくれるのだ。

颯太くんはなんの説明もなく私を奥の席に案内する。私もいつものことなので黙ってついて行き、席に座って鏡越しに彼を見た。

「結構伸びたなー」

「だって、この前切ってもらってから半年くらい経ってるもん。颯太くん、忙しそうだったし」

颯太くんの手が私の髪を軽くまとめて持ち上げ、ブラシを通す。

「今回はどうする？」

「いつも通り、奇抜な髪型じゃなければいいよ」

「ショートは？」

「……それは、ちょっと勇気いるかも」

背後にいる颯太くんが腰を落とし、目の高さを低くして鏡越しに見つめてくる。私の顔を見て、カットのデザインを考えているのだ。

それから一度シャンプー台に移り、髪を綺麗《きれい》に洗ってもらってふたたびカットの席に戻る。

ケープに腕を通してから、濡れた髪をまとめていたタオルを颯太くんが外した。

早速、シャキン、と小気味よい音が鳴る。

「カラーは？　あんまり明るいのはまずいよな」

昔は颯太くんの練習台として髪を染めることがあったけれど、最近はその必要もないので、カラーをしてもらうことはなくなった。

「うん、今の色のままでいい」

茶色みがかった髪は、自分の元の毛色のままだ。真っ黒い髪の色に憧れることもある。そう、彰くんのような。

「新しい職場、どうだ？　ちょっとは慣れた？」

「うん。その節は本当にお世話になりました」

颯太くんの髪色は彰くんとは対照的に明るく染めていて、緩めのパーマがかかっている。

手元を見ては鏡に映る私を確認して、と颯太くんの目が忙しなく動いた。

こうして見ると、颯太くんもすごく格好いい。

昔はカットをするのも必死の形相《ぎょうそう》だったけれど、今は自信も出てきたみたいで、それが見た目にもあらわれているのだろう。

「楽しくお仕事できてるよ。お店の人もすっごくいい人ばかりで」

「そうか。そりゃよかった」

颯太くんは前のお店でのことを知っているから、随分《ずいぶん》案じてくれていた。彼はほっとして笑ってくれる。

「彰くんにも会ったよ」

私がそう言うと、彼は「うわっ」と叫んで、ハサミがシャキンと空《くう》を切った。

「あっぶね！　思い切り手元が狂《くる》うとこだっただろ！」

「そんなに慌てなくてもいいじゃない」

まあ、驚かせるつもりで言ったのは確かだけれど。

仕事を紹介してくれた人が彰くんだということを、私に黙っていたことへのささやかな仕返しだ。

「……そりゃ驚くって。会ったんだ……偶然？」

「最初は多分、偶然……だけどそのあと彰くんのほうからお店に何度も来て……」

するとなにが意外だったのか、彼は一度目を見開いた。だが、次にはなにか納得したように何度もうなずく。

「へえ。まあ、会えたならよかった。だったらもう聞いたんだよな、あいつが面接の段取りしてくれたんだよ」

「それならそうと、言ってくれたらよかったのに」

「だってお前、あいつのこと嫌いっていうか、苦手だろ。嫌がると思ったからさ」

彼が黙っていた理由は、予想通りだった。

「嫌いかもしれないけど、基本悪いヤツじゃないんだよ。あっちは重役だし、カフェで会うことなんて滅多にないだろ。ここはちょっと頼ってだな——」

「今、一緒に住んでる」

「はっ!?」

私の爆弾発言は、またしても彼の手を止めさせる。

「おま……脅《おど》かすなよ！　髪切りすぎても知らねーぞ！」

ハサミを持った手で自分の心臓を押さえるような仕草をしながら、颯太くんが鏡越しに私を見た。

「脅《おど》かしてないよ、ほんとのことだもん」

「……なんで、んなことになってんの」

ぽかんとした彼と、鏡越しに目が合う。

なんで、と問われても、私にももうわからない。どうしてこんなことになったのか。

「……前の店の店長が、新しいアパートにまで押しかけてきて、住むとこに困って……それからお世話になってる」

「だからって……」

他に方法はあるだろう、と言いたげだ。本当にその通りだ。

彰くんがなにを考えているのか、私にもわからない。その答えを求めて私は今日、颯太くんに会いに来たと言ってもいい。

黙り込んだ私をしばらく見つめ、彼は小さく溜息をついてふたたびハサミを動かしはじめる。

黙々とカットを進める彼に、今度は私から話を振った。

「颯太くんと彰くんは、今までも時々会ってたんだよね？」

「んー、まあ、時々だけど。あいつ、ずっと海外だったし」

彰くんのことを、どんなことでもいいから知りたいと思った。だけどそれを、どう聞き出したらいいかわからない。

またしばらく沈黙が続き、ハサミの音がリズミカルに響く。他のお客さんのところはそれなりに会話も弾《はず》んでいて、話し声が聞こえてくる。

颯太くんがちらっと壁の時計に目をやり、それから私に視線を戻した。どうやら沈黙のプレッシャーに負けたらしい。

「……このあと、片づけが終わんのを待っててくれんなら、飯でも行くか？」

「いいの？」

「今日はミーティングもないし。どうせ彰のことを聞きたいか話したいか、半分はそれが目的で来たんだろ」

ぺしっと頭頂部を片手で叩かれて、首を竦《すく》めた。

こっちが言葉少なでも、察して声をかけてくれる。この優しさと面倒見のよさに、子供の頃の私は随分《ずいぶん》救われて、甘えてもいたのだった。

近くのダイニングバーで、先にテーブルについて颯太くんを待っていた。バッグに入れていた大きめの手鏡で、少し軽くなった髪を弄《いじ》りながら全体を確かめる。

長さはちょっと、整えたくらい。あとは髪のボリュームを減らして、前髪を短めのアシンメトリーにしてもらった。眉毛のやや下くらいの長さから、サイドに向かって斜めになっている。

不思議なもので、その微妙な角度が顔の印象を随分《ずいぶん》変えた。なんだかとても、目鼻立ちが整って見える。

前髪ひとつで違うものだなあと感心していると、店員に案内されて颯太くんがやってきた。

「お待たせ」

テーブルを挟んで向かい側に座った彼を見て、慌てて手鏡を仕舞った。

「お疲れ様」

「おう。ヘアスタイル、気に入った？」

「うん、すごく。……でも、ここらへんハネたりしないかな？」

「ブローしっかりやりゃ大丈夫」

「それが素人《しろうと》には難しいんだって」

カットしてもらったあとは、颯太くんに時間があれば一緒に食事をすることが多い。普段の髪の手入れの仕方を教えてもらったり、お互いの近況を話したりするのだ。前回髪を切ってもらった時もそうだった。ちょうど、田所さんからの執拗《しつよう》なアプローチに悩んでいる時で、他の仕事を探そうと思っていると相談したのだった。

「で？　彰は？」

颯太くんのオーダーしたジントニックが来て、私のアイスティーと軽くグラスを合わせる。そしてすぐ本題を切り出してきた。

「今、海外出張中」

「いつから同棲してんの」

「どっ……」

アイスティーを噴《ふ》き出しそうになって慌ててグラスを置き、口元を拭《ぬぐ》う。

颯太くんは面白そうにニヤニヤと笑って頬杖をついていた。

どうしてこう、私の幼馴染《おさななじみ》は人をからかうことを好むのだ。

それから、彰くんとの関係については触れずに、簡単に事の経緯を説明する。

いくら幼馴染《おさななじみ》とはいえ、男の人と一緒に住むなんて浅はかだと、怒られるかと思っていた。けれど、予想に反して彼は納得している。

「まー、基本、面倒見のいいやつだから。頼んどいて正解だったな」

「え？」

「既婚者の男につきまとわれてたってことも、全部話しておいたんだよ。まさか引っ越し先まで用意してくるなんて思わなかったけど」

これには、私のほうが驚かされた。

そして、再会してからの彰くんの態度を思い出してみると、いくつか合点がいく。

思えば、彰くんは私の住んでいた古いアパートのセキュリティのことをやたらと心配していた。帰り際に迎えに来ることが多かったのも、私に異変が起きてないか確認していたからではないだろうか。

「……それならそうと、言ってくれたらよかったのに」

「言わないだろうな。照れ屋なんだよ、昔っから」

「昔？」

ストローでアイスティーをかき混ぜると、カランと氷が音を立てた。

昔の彼に、照れ屋な一面があったなど、思い出のどこにも記憶されていない。

「意地悪で口が悪い、冷たい。そんな印象しかないけど……」

「あれはさー、面白くなかったんだよ。だってお前、あいつ見たら怯《おび》えて俺にばっかりくっついてたじゃん」

唖然《あぜん》として数秒言葉が出ず、そのタイミングで料理が運ばれてくる。

颯太くんが頼んだ海老《えび》のフリッターと、温野菜サラダだ。

小皿を手渡され、シェアしようという意味なのだとわかり、受け取ったそれに温野菜用の颯太くんにも差し出した。

「私が怖がってたのは、彰くんが怖い顔するから……だったと思うんだけど」

「最初はどっちが先かなんて知らねーけど、そうかもな。元々ぶっきらぼうなとこあるし。でも、お前が怯《おび》えるから余計にあいつも態度がひどくなっていったんだって。まあ、怖いだけじゃなかっただろ。助け船も出してた気がするけどな」

「助け船？　どんな？」

「んー……とな」

印象だけで、すぐには具体的な出来事を思い出せないらしい。

海老《えび》のフリッターをひとつぱくっと口に入れると、咀嚼《そしゃく》しながら視線を泳がせ、記憶を掘り起こそうとしている。

「ほら、俺らがサッカーしに行こうとしたら、お前よくついてきただろ」

「うん。でも彰くんは嫌そうだった」

「他の女子にやっかまれて、お前がいじめられてんのに気がついてたからだろ。お前にも来ないほうがいいって何度か注意してた」

「理由も聞かされずに来るなって言われた覚えしかないけど!?」

同じ出来事のはずが、私と颯太くんとではこんなにも認識が違うとは。

「あいつら陰険《いんけん》だったろ。下手に庇《かば》うと俺らがいない時にいじめられるんじゃないかって、あいつなりに考えた結果だったんだと……思うけど……」

さすがに小学生の頃の記憶だ。私も颯太くんもはっきりと思い出せず、それぞれが持っていた印象だけが記憶に残っている可能性はある。

私の場合、彰くんは怖かったということが、強く心に残りすぎているのかもしれないが。

「まあ、小学生だしな。あんまスマートにはいかなかったかもしれないけど、あいつは多分、お前をいじめるつもりはなかったんだよ」

「そう、なの？」

「そう。結果、お前が泣いてただけで」

それではまるで、私が一方的に怖がって泣いていたようではないか。

納得がいかなくて、思い出を記憶の底から発掘しながら、海老《えび》のフリッターに箸《はし》を伸ばす。

本当に、颯太くんの言うような感じだっただろうか？

いやいや、待て。再会したばかりの頃に、彼は言ったじゃないか。

「でも、彰くん今も――」

「なに？」

「……な、んでもない」

彼は言ったのだ。『子供の頃みたいに泣かせたくなる』と。

それがなにか、変な意味にも聞こえそうで、つい口を閉ざしてしまった。

子供の頃の記憶をさかのぼっても、笑っている彰くんなんて思い出せない。

逆に最近は、彰くんの笑顔を随分《ずいぶん》見ている気がする。意地悪そうに片眉をあげたり、目を細めたりするようなものが多いけれど……たまに、優しい顔もある。それから、やけに色っぽい顔も。

その時、ぼんっと頭に浮かんだのは、鮮明なキスの記憶だった。

それから、汗ばんだ肌の匂い。

私を抱きながら零《こぼ》した、熱い吐息。

ふるっと頭を横に振って、熱くなりそうな顔をアイスティーをひと口含んで誤魔化《ごまか》す。

「で、茉奈は俺になにが聞きたかったの」

「……なにって？」

「もしくは話したいことがたまってんのかなと思ったんだけど」

カットしながら鏡越しにすべてを見透《みす》かしていたらしい颯太くんは、私の言葉を引き出そうとした。

確かに、颯太くんから連絡があった時、タイムリーだと思った。けれど
彰くんのなにかを聞きたい、話したいと思ってここに来た。けれど漠然としているう
漠然《ばくぜん》としているうえ、頭の中が散らかっていて、なにを聞けばいいのかわからない。

「……彰くんが、よく、わかんなくて」

「うん？　だからいい奴だって、ほんとに。じゃなきゃ俺が茉奈を任せるわけないだろ」

「そっか……」

颯太くんは、私たちがただの幼馴染《おさななじみ》じゃなくなっているとは思ってもいない様子だ。

彼の言葉から伝わってくるのは、ただの『いい奴』という無難な評価だけ。

だけど、ほっとしてしまった。

たいして根拠のない話なのに、颯太くんの信じる彰くんを信じたいと思えた。

私はもしかしたら、彰くんをよく知る颯太くんに、後押ししてほしかったのかもしれない。

颯太くんの言う通り『いい奴』なら……なんの気持ちもなく私を抱いたりしない。

「颯太くんは、彰くんとちょくちょく連絡は取るんだよね？」

「ん？　まあな」

「じゃあ、なんか聞いたことない？　婚約者がいてめんどくさいな、とか」

できるだけ軽い口調で、冗談みたいに聞いた。そのほうが、さらりと聞き出せそうな気がしたのだ。

けれど颯太くんは、私の言葉に目を見開いた。

「なに、あいつ婚約者とかいんの？　全然聞いたことないけど……へぇぇ」

まったく知らなかった様子の颯太くんは、しきりにうなずいたあと「デカい会社の跡取息子だもんな。そういうこともあるよなあ」と複雑な顔で温野菜を口の中に放り込んだ。

「颯太くんも知らないんだ」

「ああ。こないだ電話で話した時も、んなこと言ってなかったし」

「えっ。それっていつ？」

「お前の就職が決まって、ちょっと経った頃。その時に聞いてないってことは、もしかしたら急に決まったとか？　それか、あんまり乗り気じゃないのかもな。そういうのって政略結婚だろ、きっと」

颯太くんの話を聞くことで少しずつ安心材料を得て、同時に冷静さも戻ってきた私は笑ってうなずいた。

「そうかもね」

よくよく考えれば、まだ他人から聞かされた噂でしかなく、彰くん本人からはなんの話も聞いていない。

噂なんてどこで尾ひれがついているかわからないし、本当の話だとしても彰くんが望んだ縁談とは限らないのだ。

だとしたら今は振り回されず、私が感じた彰くんと、颯太くんが保証した彼の人柄を信じようと思った。

彰くんが出張から戻ったら話をしてみよう。

私のことを颯太くんから聞いて気にかけてくれていたこと、助けてくれたことに、もう一度お礼を言おう。

それから、婚約者のことを聞いたらいい。

会計をすませて外に出ると、佐野さんの車が店の前の路肩に停められていた。

実は、席を立った時に気づいたのだが、私が出かけたと知った佐野さんが何度か電話をかけてきてくれていた。

随分《ずいぶん》と心配をかけてしまったようで、折り返し電話して店の名前と場所を告げると、すぐに飛んできてくれたのだ。

「佐野さん、すみませんでした。まだ電車もある時間だし、かまわないかと思って……」

「私に謝っていただく必要はございません。ですが、お出かけの時は必ずご連絡ください。いつでも車が出せるようにということで、あのマンションに常駐させていただいているのですから」

「すみません」

運転手を呼ぶなんて習慣が私にはないので、どうしても大層なことのように思ってしまうのだ。颯太くんも同じらしく、驚いたようにぼそりと呟《つぶや》く。

「すげー、過保護に守られてんだ……」

そんな言葉が聞こえてしまって、恥ずかしくなった。本当、さすがにこれは過保護すぎる。けれど、きっと彰くんからすればこれが普通なのだろう。

「ご友人様もお送りいたしますが」

「いや、俺はいいです。すぐそこなんで。じゃあな、茉奈」

颯太くんはそう言ってさっさと歩き出した。

彼の家は美容室のすぐ近所だ。ここから歩いても十分はかからない。

「うん。今日はありがとう！」

うしろ姿に向かって慌てて声をかけると、彼は少しだけ振り向いて片手を上げた。それからすぐに、私も佐野さんの車に乗り込む。

走り出して、疑問に思っていたことを尋ねた。

「あの、どうして私が出かけたってわかったんですか？」

「郵便物を取りに一階へ下りた時に、コンシェルジュに声をかけられたのです。立河様がおひとりで出かけられたけれど大丈夫ですか、と……それで急いで連絡を入れさせていただきました」

「……すみません」

「いえ」

出かける時、当然だけど堂々とロビーを通ったし、コンシェルジュさんに挨拶《あいさつ》もした。それならあの時に言ってくれたらよかったのにと思ったが、そういえば電車の時間に間に合うよう小走りだったかもしれない。

「このことは、今のところ柏木専務にもお伝えしていませんが……」

「え？　言ってもいいですよ。報告する義務とかあるなら、そうしてください」

ひとりで出かけたことを多少は怒られるかもしれないが、そこは習慣の違いだし、別に私が小さくなることはない。

「会っていた相手は幼馴染《おさななじみ》だし、心配されるような人ではないですから」

私の言葉に、佐野さんは曖昧《あいまい》に微笑んでいたけれど、その意味を私はまったくわかっていなかった。

＊＊＊

颯太くんと話したことで少しは冷静になり、気を持ち直した。

その翌日。彰くんが帰ってくる予定日の前日のこと。

「立河さん！　あの人です」

ランチタイムの繁忙《はんぼう》時間にショーケースのサンドイッチが少なくなり、慌てて補充をしていたら、香山さんに背中を叩かれた。

「なに？　あの人って？」

「ほら、あそこのカゴの前でチョコレートチャンクのクッキーを見てる人が、王子の婚約者だって噂の人です」

忙しい時間だというのに、好奇心に負けた。

補充の手を止め、しゃがんでいた身体を少しだけ起こして指をさされたほうを見る。

上品な雰囲気のスーツ姿の女性が三人立っていて、その中のひとり、ほっそりとした女性がカゴに入ったクッキーを選んでいるところだった。

横顔が髪に隠れている。その時、さらさらと流れるようなロングヘアを、彼女が白く華奢《きゃしゃ》な手ですくって耳にかけ、顔立ちが露《あら》わになった。

……綺麗《きれい》な人だ。

「佐久良里穂《さくらりほ》さん、っていうらしいです」

香山さんが教えてくれた名前を、辛うじてインプットする。だが、返事をする余裕はなかった。ただ目が彼女に釘《くぎ》づけになり、動揺してしまう。

「立河さん！　レジお願い！」

店長の声に、はっと意識を戻される。

そうだ仕事中だと、慌てて背筋を伸ばした。見ると、店長がグラスに水を入れていて、イートインのお客様の対応をしているのだとわかった。

「香山さん、商品補充お願いします」

そう伝えて補充の仕事を任せ、レジに立つ。ランチタイムはテイクアウトもイートインも増えるから、レジカウンターが一番混雑する。

並んだお客様に順に対応していると、例の彼女――佐久良さんが、サンドイッチとチョコレートクッキーを手に目の前に立った。

「いらっしゃいませ」

「これと、ホットコーヒー」

「かしこまりました」

ちらっと背後を見ると、香山さんがホットコーヒーの準備をしてくれていて、彼女とアイコンタクトを交わす。

レジを打ち、会計をすませてからサンドイッチとクッキーを手渡し、次にコーヒーを差し出した。

「熱いのでお気をつけください」

なんとなく……彼女の顔を見ることができなかった。

「きゃっ！」

コーヒーのカップが彼女の手をすり抜けて、ひっこみかけていた私の手に落ちて来た。

「あつっ！」

手の甲にコーヒーがかかり、カップはそのままカウンターに落ちて転がる。ジンジンと熱傷の痛みが広がった。

慌てて手で押さえると、自分の体温で逆に痛みが増してくる。だが、今はそれどころじゃない。

「も、申し訳ございません！　お怪我はございませんか!?」

確かにしっかり手渡したつもりだったが、相手はお客様だ。まずはこちらが頭を下げるべきだ。

てっきり怒られると思ったのだが、予想に反して彼女のほうも慌てた様子で私を気遣ってくれ、白いハンカチを差し出してきた。

「大丈夫よ、私のほうこそごめんなさい。あなた、早く冷やしたほうがいいわ」

そう言いながらハンカチを私の手の甲にあて、コーヒーがかかったところを拭《ぬぐ》ってくれる。

「だ、大丈夫です！　ハンカチが汚れてしまいますから」

「そんなことはいいから、早く冷やしてきて。これ使って？　氷を挟んで、しばらくあてておくといいわ」

もうすでに、茶色くシミのできてしまったハンカチだ。このままお返しするわけにもいかず「すみません」と頭を下げてそれを受け取る。

その時、店長がテーブル席からこちらへ、慌てて戻ってきてくれた。

「立河さん、早く冷やしてきて」

「はい」

「お客様、申し訳ございません。すぐに新しいものをご用意しますので」

店長にレジ対応を代わってもらい、急いで奥の休憩室に向かい流し台の蛇口《じゃぐち》をひねった。

「……はあ」

ジンジンと疼《うず》いていた肌が冷やされて、一時的に痛みが和《やわ》らぐ。

赤くなってはいるがそれほど広範囲でもないし、しばらく冷やしていれば問題はないだろう。けれど……今はランチタイムだ。そんなにのんびりしている時間はない。

流水で冷やしがてら、借りたハンカチを水洗いする。

綺麗《きれい》なレースの、高そうなハンカチだった。

素敵なハンカチだけれど、コーヒーがシミになってしまって落ちないだろう。新しいものを用意して、後日改めてお礼とお詫《わ》びをしなければ。

とはいえ、これはこれでできるだけ綺麗《きれい》にしておきたかった。

「……綺麗《きれい》な人だった」

それに、優しい人だった。

布を指でつまんで水の中で丁寧に汚れを落としながら、ショックを受けている自分がいた。

同時にほんの少し安心したのは、彼女が海外出張についていったわけではない、ということだった。


仕事が終わって店を出ると、いつもの場所に車が停まっている。そこに佐野さんが立っていて、私の姿を認めると、やや厳しい顔で近づいてきた。

「お疲れ様です、立河様」

「いつもありがとうございます。佐野さん、どうかしたんですか？」

「柏木専務が車内でお待ちです」

「え？」

帰ってくるのは、明日だったはずだ。驚いていると、佐野さんが急《せ》かすように私の背中に手を当てた。

「お早く。……昨夜、誰にも言わずにお出かけなさったことを、お怒りのご様子です」

車へと促《うなが》されながら乗りたくなくなるようなことを言われ、思わず足を進めるのを躊躇《ためら》った。

「……そ、そんなに？」

「はい」

「どうして？　子供じゃあるまいし、私だって夜に出かけることくらい……」

「夕べは何事もなかったですし、あえて言いませんでしたが……田所さんのことがまだございますので。なにがあるかわかりません」

「え、でも。それはもう心配ないって……」

「それは、相手が常識的な感覚を取り戻していればの話です。立河様にそうお話しになったのは、必要以上に怯《おび》えさせないようにという専務の配慮かと……」

さあっと血の気が引いた。そんな風に配慮されていたとは気づかなくて、私のほうが佐野さんに気を使ったつもりでいた。だが、これでは逆に迷惑だったかもしれない。

「す、すみません！　もしかして佐野さんも怒られたんじゃ……私が勝手なことをしたせいで……」

「私は大丈夫ですよ。それにまあ……お怒りというよりは……」

佐野さんは、私の言葉にどう返事をしたものかと悩むように言葉を濁《にご》す。眉尻を下げ、困った顔をしながらも、手はとにかく早くと私を急《せ》かしていた。

「どうぞお乗りください。素直に謝れば、きっとご機嫌を直してくださいますから」

いやいや、どう考えても怖い。いつも余計なことは言わない寡黙《かもく》な佐野さんが、彰くんと対面する前にわざわざ忠告するくらいだ。

後部座席のドアの前に立つと、ごごごっと地響きが聞こえてきそうなほど、中から不穏な空気がもれ出ている気がした。

心臓が縮みあがりそうだ、と息を呑む。逃げたいが、佐野さんは容赦なくドアを開けた。

「……あ、彰くん」

車内は陽が当たらず、無駄に薄暗いのがまた、彰くんの不機嫌を過剰に演出してくれている。

「早く乗れ」

「はいっ」

急いで隣に乗り込み、真正面を向いて姿勢を正した。

しんと静かな車内が怖い。沈黙のまま、車は走り出した。

「……あの。海外出張、お疲れ様。おかえりなさい」

膝《ひざ》の上に揃《そろ》えた指先に目を落としたまま、そう言った。

だけど、彰くんからは「ああ」と短い返事があっただけだ。声は淡々としていて抑揚《よくよう》がなく、怒っているのかどうかもわからない。それが余計に怖いと感じた。

いや。別に悪いことはなにもしていないし、びくびくする必要はないのだ。それに、聞きたいことがあるのはこちらのほうだ。

堂々としていれば大丈夫だと自分を奮《ふる》い立たせた……が、いきなり聞くには彼の雰囲気が怖い。

もう一度無難な話題を振ることにした。

「明日帰ってくると思ってたから、お夕飯のことまだ考えてないの。帰る前にスーパーに寄ってもいい？」

「いや、今日は飯はいい。あとでデリバリーでも頼もう」

「え？　でも……」

海外から帰ったばかりなのだから、和食とか、そうでなくても手料理が食べたいんじゃないだろうか。

気になって隣を見れば、ちょうど彰くんも私を見て、なぜかこちらに手を伸ばしているところだった。

「今日は、ゆっくり過ごしたい。……茉奈と」

怒っているんじゃなかったのだろうか。

彼は私の髪の先をつまんでもてあそびながら笑っている。

「えっと……私がご飯作っても、ゆっくりはできるよ？　わざわざデリバリーを頼まなくても……」

「ふたりで、ゆっくりしたい」

彼の指先で毛先が揺れて、それが私の首筋をくすぐった。ぞわっと背筋がざわめいて、身体が小さく震える。それを見た彼はくすっと笑って、私の首筋を捕らえ引き寄せた。

ちゅ、とこめかみや額《ひたい》にキスをしながら、彼の指が私の耳をくすぐって官能を誘う。

艶《つや》やかな色香が漂《ただよ》う微笑の中に、隠された彼の怒りがちらりと垣間《かいま》見えた気がした。

マンションに帰り、玄関を上がってすぐだった。廊下の壁に追いやられ、顎《あご》をつかんで上向かされると、いきなり唇を塞《ふさ》がれた。

「んん、んっ」

彰くんが帰ってきたら、聞きたいことがあったのに。そんな隙など、もうどこにもない。

壁と彰くんの間に挟まれ、身動きが取れない。そればかりか、彼は私の顔のすぐ横に肘をつき、もう片方の手で顎《あご》をがっしりつかんでいる。このままでは、顔をそらすこともかなわない。

さらには両脚の間に彼の膝《ひざ》が入り込んできて、慌てて閉じようとしたが間に合わなかった。

口の中を丹念に舐められ、ふたりの唾液が混ざる。それが口の端から零《こぼ》れていきそうで、なんとか呑み込んだ。

そんな自分の行為に、身体が熱くなる。ぞわ、ぞわ、と足元からくすぐったいような感覚が這《は》い上がってきて、徐々に力が抜けていく。

――ダメ。こんな風にキスされていたら、なにも聞けなくなる。

このままでは、なし崩《くず》しに抱かれてしまう。せめて、婚約の話をちゃんと聞いてからでなければ、彼に身を任せるわけにはいかない。

どうにか逃れようと顔を横に向けようとすると、今度は首のうしろに手が添えられ、ぐっと抱き寄せられて上半身が密着する。かと思えば、真上から蓋《ふた》をするように唇が重ねられた。

「んっ……ふぁ、ん」

力が抜けて、彼の腕にしがみつく。膝《ひざ》がガクガクして、徐々にずり落ちていく身体は脚の間にある彼の大腿部《だいたい》に支えられた。恥ずかしい。けど、もう自分では体重を支えられない。

頭がくらくらして、ぐったりと彼の腕の中で力を失う。

そうしてようやく唇が解放された。はあ、と零《こぼ》れた自分の吐息が、甘くて熱い。

「……ひとりで、どこに出かけたのかと思ったら」

彰くんは片腕で私の上半身を支え、もう片方の手で髪を弄《いじ》る。彼の声は聞こえているのだけど、頭がぼんやりとしてうまく受け答えができない。

「え……？」

「颯太に髪を切ってもらったのか」

私の髪をすくってはさらさらと落とし、邪魔な髪を耳にかける。そうするたびに耳の縁を指が掠《かす》めていくから、その都度私の身体がぴくぴくと震えた。

……そうだ。颯太くんに会ったことをちゃんと話して、婚約者のことを聞いて、それから——

辛うじて、そのことはちゃんと覚えている。けれど、彼の指が耳のあたりをずっとくすぐってくるので、すぐに意識がぼやけてしまう。

「あのね、彰く……」

「出かける時は佐野を使えと言ったよな？」

「んっ、でも……あん……」

髪を避けられて露《あら》わになった首筋に、突然口づけが襲ってくる。甘噛みされ、唾液で湿らされたあと、また歯を立てられた。彼の唇が肌の上を滑《すべ》るその感触に、甘い声が零《こぼ》れてしまう。

「あ……やだっ」

「またお仕置きだ」

ぞわっと肌がざわめき、腰をしならせる。震える膝《ひざ》を見かねたのか、彼は私を横抱きにふわりと抱え上げた。

「彰くん？」

どくん、と心臓が跳ねたのは、恐怖のせいだった。

彰くんの目は、明らかに怒りを含んでいたのだ。

彼は私を抱えたまま寝室へ向かい、器用にドアを開けた。

部屋の中央にある大きなベッドにはモノトーンのシーツがかけられている。お仕置きだ、というから、てっきり乱暴にされるのかと思って身構えた。

けれど彼は、至極優しい動作で、ゆっくりとベッドの上に下ろしてくれる。だが、強引さは健在だ。身体を起こそうとした私の肩をつかんでベッドに戻した彼は、私の両脚の上に跨《また》がりスーツの上着を脱ぎ捨てた。

ほとんど真上から見下ろされているようで、身体が竦《すく》む。じっと見つめる視線は、黙って従うことを私に強要していた。

しゅっと布のこすれる音がしたと思えば、彼は自分の襟元《えりもと》を緩め、ネクタイを引き抜いた。それもまた、上着を放ったあたりへとぽいっと投げる。

それらの一連の動作を見せつけられて、ふるっと身震いをした。怖いからなのか、それとも彼から滲《にじ》み出る男の色香にあてられたからなのか、自分でも判断がつかない。

ワイシャツのボタンをひとつ、ふたつとさらに外し、逞《たくま》しい胸板が覗《のぞ》いた時、彼がゆっくりと私に覆《おお》い被さってくる。

乱暴ではなくても、彼のまとう空気が怖い。

なにより、さっきから話をしようとするたびに邪魔ばかりされる。聞く耳を持たない彼が、怖かった。

「……ま、待って！　やめて！」

彼を拒絶した途端、ぴりりと空気が冷える。気圧《けお》されて耐えられず、ぎゅっと目を閉じた。

私は選択を間違ったようだ。

「ご、ごめんなさい……でも、話を」

「なんで謝る？　謝らないといけないようなことをしたのか？」

目を閉じているせいか、他の感覚が妙に敏感になる。伝わる体温とすぐそばで聞こえる声に、彼がどれだけ私に顔を近づけて話しているか、わかってしまう。

「してないけどっ……だって、お仕置きって言うから」

そうだ。悪いことはしていない。ただ、佐野さんを気遣って、ひとりで出かけただけだ。

「へえ……反省してないってことか。やっぱりお仕置きだな」

彼に追い詰められながら、ベッドの上で縮こまる。

「なっ！　なんでそんな意地悪な追い詰め方するのっ!?」

ああ言えばこう言う、とはこのことだ。さすがにカチンときて目を開け、彼をキッと睨《にら》む。だけどそんなもの、なんの効果があるだろう。

彼もまた、さっきよりも仏頂面《ぶっちょうづら》でふたたび私の髪を梳《す》きはじめる。どうしてだか、今日はやたらと私の髪が気にかかっているようだ。

「……な、なに？」

「前から颯太に切ってもらってるのか」

眉間にはくっきりと皺《しわ》が寄っている。不機嫌なのを隠そうともせずそう言われ、私はしばしぽかんと彼を見上げた。

「え……うん。颯太くんが見習いの頃からずっと」

「へえ。カットだけの割に帰りは遅かったみたいだな」

「そのあとご飯も食べてたから……」

「これからは俺が留守中にお前が勝手をしたら、必ず佐野に連絡するようにとコンシェルジュに頼んでおいた」

彰くんは私の言葉を遮《さえぎ》って、にこにことわざとらしい笑みを浮かべながら恐ろしいことを言った。

本気だろうか。だとしたら、プライバシーもなにもあったものではない。

完全に監視されるということではないかと憤慨したが、それを口にする気は萎《な》えてしまった。

彼の表情が、どこか余裕がないように見えたから。

「……私が黙って出かけたのを、怒ってるの？」

それとも、颯太くんに会って髪を切ってもらったことだろうか。いや、まさかそんなことで？

もしかして本当に……ヤキモチだろうか？

そう気がつくと、胸の奥がつかまれたようにきゅんと苦しくなって、私のほうから彼に触れたいという欲求が生まれる。

彰くんはなにも答えず、むっと口を引き結んだまま私の髪で遊んでいた。そんな彼の様子を見て、つい口元を綻《ほころ》ばせてしまう。

それが火に油を注《そそ》いでしまったようだ。

あきらかにいらっとして口元を歪《ゆが》ませたかと思えば、突然私の顔を片手で横向かせて固定した。

「お前。ほんとに泣かせるぞ」

「ひゃっ!?　ちょっ」

私の顔を固定したまま、もう片方の手を首筋から這《は》わせ、髪をすべてかき上げる。

首筋が露《あら》わになって狼狽《うろた》えたが、彼の手でがっしりと頭を押さえられていて動くことはできない。

彼の吐息が肌にかかったかと思ったら、首筋から顎《あご》、耳の裏までゆっくりと唇が移動する。

「ああっ、やだっ、んんっ」

横を向かされたままでは、彼がどんな表情をしているのかもわからない。ただただ、舌が熱く肌を濡らしていく感触に、感覚のすべてが集中する。

「ああ……」

ただ舐められているだけなのに、息が上がる。

寝転がっているのに眩暈《めまい》がする。

しびれて力の入らない手が、弱々しくすがるように彼のシャツを握った。

「……ふぅ……あん」

耳の裏近くの薄い肌に、彼が強く口づける。

ああ、また痕《あと》をつけられた、と気がついたけれど、どうすることもできない。

抵抗しなくなった私から手を離し、彼が服の上から身体のラインをたどる。腰から脇腹、胸の下。そして、大きな手のひらが私の右胸を包んだ。

「あっ！　んんん」

同時に、唇を塞《ふさ》がれた。すぐさま舌が侵入してくる。そうなったらもう、彼の愛撫《あいぶ》に慣らされた私の舌は、否応《いやおう》なく応《こた》えてしまう。

白いブラウスの上から、彼が指を立て私の胸の頂《いただき》をかく。下着のラインに指を添わされ、ずらされた。いつの間にかもう片方の手がブラウスのボタンを外し、前をはだけさせている。そうしてとうとう、彼の指が胸の柔い肌に触れた。

「ふっ……あ……彰、くんっ……」

キスが唇から顎《あご》、鎖骨へと下りていく。

とろとろと意識が溶けてしまう。彼がヤキモチを焼いてくれたことが、思いのほか嬉しかったようで、身体はすんなりと彼の愛撫《あいぶ》を受け入れていった。

――なにか、話をしなければ、いけなかったはず。

わずかに残っていた理性を、どうにか手繰《たぐ》り寄せる。

私だって、抱かれたい。けれど……ここから先は、ちゃんと確かめなければ。そうだ、彼が噂通り婚約しているのなら、このまま抱かれるわけにはいかない。

「やだ……やだ、待って」

「なにが嫌なんだ。お前は俺のものだと言ったはずだ」

拒否することは許さない。そう言うように彼の両手がするりと身体を撫《な》でて、私のブラウスを剥《は》ぎ取った。上半身のほとんどが直接空気に触れる。

彼は両方の胸を両手で寄せて、谷間に何度も赤い痕《あと》を散らしていく。かと思えば、敏感な頂《いただき》に柔らかで温かなものが急に触れた。

「やっ！　あぁ……」

そこを丹念に舐められ、歯を立てられ、吸われるたびに無意識に腰が揺れた。まるで誘うような動作だとわかっていても、止められない。

彼は頂《いただき》の片方を口に含み、もう片方を指の腹で優しく撫《な》でる。繰り返されるほど、まだ隠されている下腹部が熱く疼《うず》きはじめていた。

散々胸を弄《いじ》られたあと、私がぐったりしたのを見て彼が起き上がる。いつの間にかはだけていたワイシャツを脱ぎ捨てて、上半身裸になった。

「……茉奈」

吐息混じりに名前を呼ばれ、とろんととろけた目で彼を見上げる。

ああ。彼もまた、正常じゃない。前よりずっと、熱を孕《はら》んだ瞳で私を見つめているのがわかる。ぞく……と背筋が震えた。

身を捩《よじ》ってシーツをつかむと、彼の片手が脇から背中に入り込み、うつぶせに転がされた。背中から回された手が、私の胸を包み込む。指で両方の頂《いただき》をきゅっとつままれ、私は思わず嬌声《きょうせい》をあげた。

「ああっ！」

びくっと背をそらす。うなじに彼が噛みつき、歯を立てた。痛いほどに強く噛まれて身体を震わせると、次にはなだめるように舌で撫《な》でてくる。

彼自身余裕がないのが、その息遣いから伝わってくるようだった。

「ひ、あ……」

「茉奈……かわいいな」

背筋を唇でたどりながら甘くささやかれ、不意に涙が零《こぼ》れそうになった。

このまま抱かれたい、信じたいと、私の心と身体が悲鳴を上げている。

「あ、きら、くん……」

背筋から流れ込む快感の波をかき分けて、どうにか彼を呼んだ。

ぬるぬるとした舌の感触に遊ばれながら、言葉を絞り出す。

「佐久良さん、って」

「佐久良？」

ぴた、と彼の唇が止まった。私の口から彼女の名前が出たのが意外だったのか、訝《いぶか》しむような声だった。それがなんだ、と言いたげだ。

「彰くんっ……の、秘書？」

「……だからなんだ」

不意に、怖いくらいに不機嫌な空気を感じた。

うつぶせになっていたのを、左肩を持ち上げられて彼の真下で仰向けに転がされる。

私を見下ろす視線がやけにイライラしていて、嫌悪感までこもっているような気がする。さっきまでの不機嫌さとは、また別の種類のものに感じ取れた。

――なに？　私、なにか聞いちゃいけないこと聞いた？

「ど、どうしたの？」

「お前こそ。どうして佐久良のことを知っている。なにか言われたか」

「あ……噂で。それから今日、店に来て……」

「あいつには関わるな」

はあっと吐き出された溜息は、心底面倒くさそうだった。どうしてそんな言い方をするのか、わからない。

「なんで？　親切ないい人だった……」

あんなに綺麗《きれい》で優しい人が婚約者だなんて。考えただけで、私のほうが嫉妬《しっと》でどうにかなりそうだ。

それを悟られたくなくて、必死で表情を取りつくろっている。

「はっ。冗談だろ」

彼は明らかに人を馬鹿にしたように鼻で笑った。さっさとこの話を終わらせたがっているようにも見える。

私に覆《おお》い被さり、首筋に顔を埋《うず》めようとする彼に、今度ははっきりと拒絶の意思を示した。近づく彼の顔を両手で押し返したのだ。

「やだ、待って。まだ、話が終わってないのにっ」

「あいつの話はするな」

「は？」

「お前は知らなくていい」

がつん、と衝撃を受けた。

突き放すような言葉を吐いておきながら、彼の手はまだ私の身体に触れようとする。

太腿《ふともも》を這《は》う、大きな手。その手を押しとどめようと、必死で力を入れた。

――どうして。私には知られたくない相手ってこと？　婚約に口を出すなってこと？

なにか事情があるのかもしれない。けれど、彼の問題に関わるなと、知る権利さえもないのだと距離を置かれたようで――

そう思い至った途端、急に目の奥が熱くなる。今にも涙が零《こぼ》れ落ちそうで、ぎゅっと下唇を噛み締めた。

「……茉奈？」

込み上げてくる涙を、ぐっと呑み込んだ。

その気配を感じたのか、彼がぴたりと動きを止める。私はとっさに枕を鷲《わし》づかみにすると、思いっ切り彰くんの顔に投げつけた。

「もうやだ！」

零《こぼ》れた涙は、辛うじて見られずにすんだだろうか。

「……おい、茉奈」

「触んないで！」

投げた枕をふたたびつかみ、ぼふんぼふんと何度もそれで彼を殴って遠ざけようとする。

「おい、落ち着けって……」

「嫌い！」

ボフッ！　と最後に大きく振り下ろした枕は、彼の腕にガードされた。私は強く彼を睨《にら》みながら、シーツを引っ張って胸元を隠した。

「出てって、もうやだ！」

「ここは俺の寝室だ」

「じゃあっ……私が出てく！」

シーツを身体に巻きつけベッドから下りようとしたが、腕をつかまれてまたベッドの上に押し倒される。だけど今度は、それ以上触れてくる様子はない。

ただ私をじっと見下ろして、複雑な表情を浮かべている。なにかを言おうとしているような気がしたけれど、彼は黙ったまま人差し指で私の目尻に触れたあと、そっと静かな溜息を落とした。

「……気が削《そ》がれた」

ふいっと視線をそらし、背中を向けてベッドの端から床に足を下ろす。

「あ、彰、くん？」

名前を呼ぶと、深く長い溜息が聞こえた。胸が痛い。呆《あき》れられたのかと思ったけれど、続いた言葉は謝罪だった。

「……悪い。今日は、優しくできそうにない」

「え？」

こちらを振り向くことなく寝室を出ていく背中を見送る。

「……なに、よ。気が削《そ》がれたって」

――それに、素直に謝るなんてらしくない。

ぎゅっとシーツを握ろうとして、手に力が入りづらいことに気づく。見れば、微かに震えていた。

拒絶したのは私だというのに、なぜか見捨てられたような気持ちになって、涙が込み上げてくる。

彰くんが廊下を歩く足音がして、寝室の前を通り過ぎていった。それから、玄関ドアの開く音が聞こえる。

彰くんが、どこかへ出かけたのだとわかった。

……どこへ？

そして、彼は朝になっても戻ってくることはなかった。

考えてみれば、頭に血が上《のぼ》って一番肝心なことを聞けていない。佐久良さんが婚約者だというのは、本当なのかということを。

昨夜、あんな風に仲違《なかたが》いしてしまったけれど、私はただ知りたかっただけなのだ。彼に謝らせたかったわけでもない。

思えば、昨夜の彼はどこか様子がおかしかった。余裕がなさそうで、ぎらぎらとして、とにかく私を組み伏せようとしていた。

彰くんがあんな風に嫉妬心《しっとしん》をあからさまに見せるなんて思わなかった。

最初は怖かったけれど、やはり嬉しいとも思う。

少なくとも彼は、私が颯太くんに会いに行ったという、ただそれだけで嫉妬《しっと》するくらいに想ってくれているのだ。そう、思いたい。信じたい。

――あ、そうか。私が知りたいように、彼も……

ただ彰くんの気持ちを探ることばかりに気を取られて、私は自分の気持ちを一度も言葉にしていないことに気がついた。

朝、もしかしたら朝食を食べに帰ってくるかもしれないと思ったけれど、私の出勤時刻になっても彼は帰らず、仕方なく私も家を出た。昨夜はどこに泊まったのだろう。

――もしかして、佐久良さんのところ？

ちらっと過《よぎ》った考えを、頭を横に振って払い落とす。

それは、ない。信じよう。それに、昨夜の話ぶりからして、彰くんと彼女は良好な関係とは言えないようだった。

じゃあどこに……？

どこかのホテルだろうかと思ったが、答えは意外なものだった。

「えっ……彰くん、佐野さんのとこにいたんですか」

職場へ向かう途中、佐野さんから言われた言葉に、驚いて声を上げる。

「はい。喧嘩《けんか》でもされましたか？」

佐野さんの問いかけには、小さな唸《うな》り声で曖昧《あいまい》に答える。まさか、佐野さんのところにいたとは、まったく想定外だった。

「今日は、会社には？」

「もう出勤されてますよ」

「そう、ですか……」

ほっとしたような、変な疑いをかけてしまって申し訳ないような複雑な気持ちでいると、佐野さんがくすりと含み笑いをした。

「なんですか？」

「いいえ。専務が、ひどく焦っておられたので」

「え？」

運転しながらくすくすくす、と笑っているが、なぜ彰くんが焦っていたのか、その理由までは話してくれない。

「……笑いごとじゃないんです。私はちゃんと、冷静に話がしたかっただけなのに」

ぶすっ、と唇を尖《とが》らせて言った。

今日の佐野さんはどこか空気が柔らかく、話しやすい雰囲気を醸《かも》し出している。今もバックミラー越しに私を見ると、困ったように眉尻を下げて笑った。

「柏木専務は、複雑な家庭環境でお育ちになったせいか、ご自分の感情を表に出すことも、言葉にすることも、お得意ではありません」

「それ、どういうことですか？」

「専務のお母様は、現社長の奥様ではありません。社長と奥様の間に跡取り息子が生まれなかったため、柏木専務は中学を卒業してから本家に連れて来られました。親戚の中には、専務のことを愛人の子だと蔑《さげす》む者もいます。気を許せるような環境はどこにもなかったのです」

少なからず、衝撃を受けた。子供の頃の記憶をさかのぼれば、彼が母子家庭だったのは思い出せる。どうして中学卒業後に引っ越していったのか、再会した彼の名字が変わっていたのか、初めて合点がいった。

「ですがあなたと再会されてから、専務は少し変わられたように感じます」

「……変わった？」

「怒ってみたり拗《す》ねてみたり、嫉妬《しっと》してみたり……感情表現が豊かになりました。今の専務は力が抜けていていいと思います」

なにを考えているのかいまいちわかりづらいところはあるけれど、感情表現が乏《とぼ》しいと思ったことはない。以前はもっと隠していたということなのだろうか。

「なにより、とても楽しそうだとお見受けします」

佐野さんの表情は、嘘をついているようには見えなかった。だから、その言葉がするっと胸に入ってきて、家にいる時の彰くんの表情が思い出される。

意地悪だったりやらしかったり、不機嫌だったりいろいろあるけれど……確かに生き生きとはしていたような気がする。

「着きました。またお帰りの時にはお迎えに参ります」

ビルのロータリーからやや外れた場所に車を停めて、佐野さんがドアを開けてくれる。

車を降りて歩き出す前に、ちらっと佐野さんに聞いてみた。

「……今日は、帰ってくるでしょうか？」

「きっと。私からも、お帰りになるよう促《うなが》してみましょう」

そう言ってくれて、ちょっとほっとした。

今夜こそ、ちゃんと話をしよう。

彼が私といて少しでも楽しいと思ってくれているのなら……私も信じてみようと思った。

彰くんとのこともあるが、佐久良さんのことも気がかりだった。昨日のハンカチを返さなければならない。

今日は中番だったので、店長に頼んでランチタイムが落ち着いた頃に休憩時間をもらうことにした。そうして一番近い百貨店にダッシュで新しいハンカチを買いに行く。借りたハンカチは繊細《せんさい》なレースで縁取られた高級そうなものだった。それに少しでも近いものをと思ったがなかなか見つからない。それでも、私なら絶対買わないような、上品で綺麗《きれい》なデザインのものを選んでプレゼント包装してもらった。

気に入ってもらえるかどうか、自信はない。本当ならもっとゆっくり店を厳選して買いに行ったほうがよかったのかもしれないが、こういうことはなにより気持ちが大事だし、お詫《わ》びなのだから早いほうがいいと思った。

問題は、どうやって佐久良さんに会いに行くか、だった。

佐久良さんのところまで私が赴《おもむ》くべきなのだが、彼女のことを一方的に知っているだけなのでそういうわけにもいかない。

昨日のように、佐久良さんがまたお店に来てくれたら……そう思っていたら、お店に戻って少しした頃、彼女がコーヒーを買いに店を訪れた。

「昨日はありがとうございました。ハンカチを貸していただいて……」

佐久良さんがレジに来たところで、改めて昨日のお礼をする。

「私も不注意だったわ。火傷《やけど》は大丈夫？」

「すぐに冷やせたので、それほど。あ、あの、ハンカチなんですがシミになってしまって、それで……」

いつでも渡せるようにと、レジの下の棚に置いてあった。

今日買って来たものと、昨日借りたハンカチを洗ってアイロンをかけたものを、ショップバッグに一緒に入れてある。それを出そうと、腰をかがめたのだが……。

「いいのよ。捨ててくれて」

「えっ？　いえ、あの」

「他人が一度でも使ったものって、私ダメなの」

そう言った彼女はとても綺麗《きれい》な笑顔だったから、言葉とのギャップに混乱した。

「えっと、あ、でも……」

新しいハンカチがある。これなら、と思ったが、それよりも先に彼女のほうから提案があった。

「だから代わりに、と言ってはなんだけど……今日、仕事のあとでお茶に付き合ってくれないかしら」

「え……はい、それはもちろん」

うなずきながら、ショップバッグに伸ばしかけていた手を止める。そういうことなら、なにも今ここで慌てて渡すことはない。

「わかりました、それじゃあ……」

「彰さんには、秘密でね」

彼女は腰をかがめ、小さな声でささやいた。

はい、と返事の声が出ず、目を見開いて固まる。

彰さん、と名前で呼んだ。

そして彼女のセリフでわかってしまった。……彼女は、私と彰くんになんらかの関係があることに気づいている。

婚約話がささやかれるまでは、彰くんと私の関係が噂になっていた。それをそのまま鵜呑《うの》みにしただけなのか、それとも一緒に住んでいるという事実も知られているのだろうか？　こうして接触してきたということは、婚約は本当なのだろうか？

どくどくどく、と心臓が忙しい。この音に気づかれないよう強く握りしめた手は汗ばんでいた。

間近で彼女の目を見れば、その目がすっと細くなる。唇は綺麗《きれい》に笑みを作ったまま、彼女は私に名刺を一枚差し出した。見ると、彼女のものであろう携帯番号が書かれている。

「じゃあ、仕事が終わったら連絡してね」

誰の目にも美しく見える笑顔で、彼女はコーヒーを手に店を出ていった。

「立河さん？　大丈夫です？　なんか言われました？」

「えっ、あ、大丈夫。なんでもない」

心配そうにこちらを気にする香山さんに笑顔を向け、すぐに次のお客様の対応に追われた。

……修羅場《しゅらば》になるのだとしたら、私は先に彰くんとちゃんと話をすませて、自分がどういう立場にあるのか確認しなければならない。じゃないと佐久良さんになにか言われても、私にはなにも言い返すことができない。

なんとか彰くんに連絡を取れないか、と考えた。

けれどふと、今朝の佐野さんとの会話を思い出した。

……私には、なにも言い返すことができない？　本当に、そう？

仕事をしながら、時間は容赦なく過ぎていく。

考えた末、私はやはり彰くんには連絡せずに、ただ『私自身』で彼女に相対しようと覚悟を決めた。

夕方、仕事を終えた私は、佐野さんに電話で連絡を入れておいた。

友人と近くでお茶をしてから帰ると伝えると、当然のようにその店まで車を出すと言われたのだが、近くだから終わったら迎えに来てくださいとお願いしておいた。

実際、このあたりにはオフィスビルはもちろん、店舗も多い。車移動するまでもなく、お茶を飲める場所などいくらでもある。

念のためいつもの出入口ではなく、会社のロビー側から店を出て、すぐに佐久良さんの携帯に連絡を入れた。ビルの裏口に来るようにと指示されてそこへ向かうと、白い高級車が停まっており、降りて来た運転手さんが後部座席のドアを開けてくれる。

そこには、佐久良さんが座っていた。

まったく、あっちもこっちもお金持ちだらけだと、自分がいかに馴染《なじ》みのない世界に片足を突っ込んでいるのか実感が湧いてくる。

「あの……お茶ですよね？」

「そうよ。お気に入りのラウンジがあるから、そこに行きましょう」

ラウンジ、と聞いてすぐに嫌な予感はしたけれど、連れて行かれた場所は、なんと五つ星ホテルのラウンジカフェだった。

コーヒー一杯千五百円……値段を思わず二度見して、嘘でしょう、と呟《つぶや》きたくなるのを辛うじてこらえた。

しかも彼女は、アフタヌーンティー五千円をオーダーした。昨日のお詫《わ》びにここは私が出さなければと思っていたので、ひいっと悲鳴を上げそうになる。

ケーキやスコーン、サンドイッチがのせられた三段のティースタンドが運ばれてくると、彼女は上品にフォークを使ってケーキを口に入れた。

「あなたも同じものを頼めばよかったのに」

「いえ、私は、コーヒーだけで」

恐ろしいことを言わないでほしい。ふたりしてそんなものを頼んだら、会計が一万円になってしまう。一万円あれば、一週間分くらいの食糧《しょくりょう》を買ってもおつりが来るというのに。

お互いに飲み物をひと口ずつ含んで、カップを置いたところで、ぴりっと空気が引き締まる。

「単刀直入に言うけれど、彰さんから離れてほしいの」

来た、と息を呑む。やはり彼女は、私と彰くんのことを疑っているのだ。

「……離れる、というのは、どういう意味でしょうか」

「とぼけないでくれる？　知ってるのよ。あなた今、彼のマンションにいるでしょう」

これで確信した。彼女は全部知っていて私に会いに来たのだ。もしかして昨日のことも、私と話をするためのきっかけづくりだったのだろうか。

「わたしたち、婚約しているのよ」

彼女の言葉に、拳《こぶし》を強く握りしめる。眩暈《めまい》を感じて、一度目を閉じた。

なにを信じればいいのか、わからなくなる。

だけどわからないから、ちゃんと話を聞かなければいけないと、ふたたび目を開いた。

「結婚前の遊びなら多少は目を瞑《つぶ》るつもりでいたけれど、さすがに一緒に住むなんて見過ごせないわ」

そう言いながら、彼女は自分のバッグからA4サイズくらいの茶封筒を取り出して私に差し出した。

「なんですか？　これ……」

「引っ越し先よ。一年先まで家賃を払ってあるから、手切れ金だと思ってちょうだい。どうせ行くところがなくて彼に泣きついたんでしょう？」

目の前に置かれた茶封筒を、彼女は私のほうへ指で押した。

私はそれをじっと見つめながら、なんて一方的なんだろうと呆《あき》れた。悔しくもあった。

確かに、就職先は彰くんにお世話になったけれど、住む場所は彼に泣きついたわけではない。それどころか、一緒に住むことは私の本意じゃなかった。最初は、だけれど……

彼女は興信所かなにかで私たちを調べたのだろうか？　それとも調べるまでもなく、どこかから耳に入ったのかもしれない。

どちらにせよ、こんな一方的な話しかできない人の言葉を、全部真に受けるわけにはいかないと思った。

「これは、結構です」

スッと、指で茶封筒を押し返した。

「なによ。足りないの？　それなら現金も用意するわ」

「いえ、そういうことではなくて」

本当に、なんて人を馬鹿にした話だ。声を荒らげて怒る気にもなれない。

彼女はお金を出せば、私が当然引き下がると思っている。言うことを聞かないのは、金額が足りないからだと。

きっと私がこれから言うことなど、想像してもいないのだろう。

「現金も、住むところもいりません。彼のマンションを出ていくかどうかは、彼と私が話し合って決めることですから」

ほら、やっぱり目を見開いて言葉を失っている。

相槌《あいづち》も返事もないが、私はかまわず続けた。

「結婚のことも婚約者のことも、知りたければ彼の口から聞きます。あなたから聞くべきことはなにもありません」

正直なことを言うと、ショックだった。

もしかしたら結婚間近なのだろうかとか、いろいろと邪推《じゃすい》する。

だけど、それも全部含めて、彰くんとちゃんと話をしたいし、彼がどんなつもりなのかも聞きたい。そしてちゃんと、私の気持ちを伝えたい。

その上で離れるしかないのだとしたら、それは彰くんに必要ないと言われた時か、そうするべきだと私が思った時だ。

ぽかん、としていた彼女だったが、私の言葉の意味をやっと理解したのだろう。余裕の微笑みを浮かべていた顔が徐々に色を失い、氷のように冷たい視線が私を射抜く。正面から睨《にら》まれると、迫力負けしてしまいそうだった。

「……図々《ずうずう》しい。なにもわかってないくせに」

「え？」

「会社や一族のことも、彰さんがどれだけ苦しい立場にいるのかも、知らないでしょう。なのにまとわりついたりして、迷惑なのよ！」

平静を保てず、声を荒らげたのは彼女のほうだった。

一瞬、何事かと周囲の視線が集まり、彼女はそれに気づいて唇を噛む。それから一度、深呼吸すると、ふたたび挑戦的な目で私を睨《にら》んできた。

『迷惑してんだよ』

それは昔、彰くんに言われた言葉だ。思いのほか胸を抉《えぐ》られて、今度は私が絶句する。

「あなたに、一体なにができるの」

「え……」

「私の父である常務だけよ、今の会社で彰さんの味方になれるのは。だから、つながりを確かなものにするために、彰さんはこの婚約をなかったことにはできないの。むしろ、彼自身が心から望んでいることよ」

彼が望んでいる……私は、彰くんの役に立てない？

「せめて離れることが、彰さんのためよ。それくらいわかるでしょう」

哀《あわ》れみを含んだ目で諭《さと》され、頭の中が真っ白になった。

カップの中の焦《こ》げ茶色の液体をぼんやりと見つめる。

誰かの手で引き離される。そんなのは嫌だと思っていたけれど、彰くんはこの人と結婚しなければ会社や親戚の中でますます孤立する。誰にも助けてもらえなくなる、という。

私がいることで、彼は今よりも孤立する？

どうすることが、一番彼のためになるの？

『親戚の中には、専務のことを愛人の子だと蔑《さげす》む者もいます。気を許せるような環境はどこにもなかったのです』

佐野さんの言葉が蘇《よみがえ》る。

そんなところに、彰くんをひとりおいて離れることが、本当にいいことなんだろうか。

そう思ってしまうのは、私のエゴだろうか。

「……彰くんのために」

「そうよ。住む世界が違うことくらい、最初からわかっていたでしょう」

満足げな佐久良さんの声がする。

確かに彼女なら、彰くんを支えることができるのだろうし、会社での立場も守れるのかもしれない。だけど――

「彰くんのために……私は私にできる形で、役に立ちたいと思います」

住む世界が違っても、それでもこの人には彰くんを任せられない。彼女が、彼を孤独にしないとは思えなかった。

「それはどういう意味？　私たちの前から消えてくれるということ？」

コーヒーカップから顔を上げれば、佐久良さんは眉を寄せて探るような目で私を見ている。

「佐久良さんに言われたからじゃなく、自分がそう思ったら、彼から離れることがあるかもしれないということです」

自分が、ただ彰くんの隣にいるだけで役に立てると自惚《うぬぼ》れるつもりはない。

だけど、なにも力になれないからと、泣いて逃げ帰るようでは子供の頃の自分のままだ。

私はもう、子供じゃない。

意地悪だったり優しかったり……やらしかったり、大人になった彼は私を翻弄《ほんろう》してばかりだけれど、ちゃんとわかる。本当は、すごく――

「優しくしてもらったんです、とても。だからちゃんと、私も返したい」

会社だとか、力だとか、そんなことじゃなく、もらった優しさを私も彰くんに返したい。彼がそれを望んでくれるなら。

言葉にするとほっと気が抜けて、心が温かくなった。自分の願望が胸の中ではっきりと形になった気がする。

「そう思うなら、俺から離れるな」

突如響いた低い声に、私は驚いて固まった。

目の前の佐久良さんも、私の背後を見て大きく目を見開いている。

振り向く前にうしろから片腕で抱きしめられて、体温と香水の匂いにふわりと包まれた。

「あ……彰くん？」

「こんなとこでなにしてる。お前は本当に、俺の言うことを聞かないな」

顔を少し上向かせると、ムッとした表情で覗《のぞ》き込んでくる彼が視界に入った。

「え……そんなこと、ないつもりだけど」

呆然としながらも反論する。

彰くんは真っ黒い目でじっと私を見つめていて、周囲のことなどまるで気にも留めていない。

「聞かないだろ。佐野を使えと言ってもこの状況だし、黙って勝手に行動するし。いいかげんにしないとGPSつけるからな」

「えっ……！　こわい！」

その発言は、ストーカー的じゃないだろうか。それに、黙って行動したわけではない。ちゃんと友人とお茶をしにいくと佐野さんには言った。

まあ、〝友人と〟の部分は、確かにちょっと事実を捻《ね》じ曲げたけれど。

「ほら、立て。行くぞ」

「え？　でも、あの……」

まだ話の途中なのだと言おうとしたが、彰くんに腰と右腕をつかまれてそのまま強引に立たされた。彼は、まるっきり佐久良さんの存在を無視している。

「待って。まだ話は終わってないわ」

それまで黙っていた佐久良さんだったが、さすがにこのまま帰してくれるわけがなかった。

見ると、彼女の鋭い目は私だけでなく彰くんにまで向けられている。

「どうして？　そんな子を選んだって、彰さんにはなんのプラスにもならないはずです」

まさか、佐久良さんが彰くんに対してこんな強気に出るだなんて思いもよらなかった。

それってつまり、佐久良さんのお父さん――常務の力がないと、本当に彰くんの立場は危ういということではないのだろうか。

本当に、このままでいいのか。私は彰くんの手に自分を委《ゆだ》ねていて、いいのだろうか。

そんな考えが頭を過《よぎ》り、無意識に手が浮き上がる。けれどその手をしっかりとつかまれ、私は顔を上げた。

彰くんは佐久良さん以上に冷ややかな目を彼女に向けており、しかもうんざりと溜息をついてみせた。

「……常務、ね。力を貸してほしければ娘との結婚を、ということを遠回しに言われたが」

「父は嫌な言い方をしたかもしれないけど、妥当な条件だと思いますわ。父がいなければ、あなたに手を貸す人はいないでしょう。今時、世襲《せしゅう》なんて周囲の反感を買うものじゃありません？」

よくわからないけれど、彰くんに跡を継がせたがっているのは父親である社長だけで、反対している人もいるということだろうか。だったらやっぱり、佐久良さんを怒らせるのはまずい。

そのはずなのに、彰くんは心底呆《あき》れたように吐き捨てる。

「……ったく。だから、常務の娘を秘書になんて、死んでもいらんと言ったのに」

彰くんの言葉に、私は目を剥《む》いた。当然、言われた佐久良さんも衝撃を受けたようで、数秒固まったあと、みるみるうちに顔を真っ赤にして怒りを露《あら》わにした。

「……なんですって？」

「父親の力を当てにして俺の秘書になったはいいが、根っからのお嬢様育ちで他人を見下すだろう。能力がどうあれ、そういう態度は滲《にじ》み出る。俺が大事な取引先に君を連れて行かないのはそういうことだ」

「なっ……」

「なのに秘書面《づら》して海外出張にまでついて来ようとして、迷惑でしかない。同じように人を見下すタイプの人間とならうまくやれるかもしれないが、あいにく取引先の全員がそういうタイプなわけじゃない。相手の気分を害する可能性のある秘書など連れ歩いて、なんの役に立つんだ」

言いすぎ！　言いすぎ！

ハラハラしながら、止めに入るタイミングを探したが、彰くんは真剣な表情だった。嫌味でもなく、相手を煽《あお》っているわけでもなく、だ。

これが正真正銘《しょうしんしょうめい》、彼の本音なのだとわかり、口を挟むことはできなくなった。

「はっきり言わせてもらうが、俺の力が必要なのは常務も同じだ。彼も味方が少ない。

だが、嫌われ者同士手を組もうだなんて、浅はかだとは思わないか？　敵が増えるだけだ」

ひょいっと肩を竦《すく》める彼は、本当に助けなど必要のない、孤高の存在なのだろう。

私の身体を抱く腕が、なにより力強かった。黒く光る瞳は、強い意思を秘めている。

子供の頃から、味方の少ない環境で育った彼の強みだろうか。そう思えば、その強さは少し寂しい。

「俺は常務と手を組むつもりはない。俺がいない間に君が勝手に広めた婚約話は、デマだったと彼自身に撤回させた」

「は？」

「このあとどんな噂が広まるかは知らないが、自分で蒔《ま》いた種だ。出勤したくなければ来なくてかまわない」

現状を把握して、真っ赤だった彼女の顔は、今度は血の気が引いて真っ青になった。

「……そんな！　ひどい、私に断りもなくっ……お父様が撤回したの⁉」

「俺に断りもなく、さも決定したことのように言いふらしたのはそっちだ。俺には関係ない」

涙を浮かべる彼女の訴えを冷ややかに退《しりぞ》けると、彼は今度は私に視線を移す。

「行くぞ、腹減った」

「えっ」

「なにがいい？　好きな物を用意させる」

まるで何事もなかったかのような会話に戸惑いながら、私は視線を彷徨《さまよ》わせた。

佐久良さんは呆然とこちらを見ていて、なんだかいたたまれない。

「あの、でも……」

「なに」

「あ、ここの会計が……」

「すませた」

「えっ？　私が出すつもりで……」

といっても、ただお茶をするだけの金額じゃすまなくなって泣きそうだったけれど。

「他に気になってることは？」

あるなら言えと、彼の態度はどこまでも不遜《ふそん》で上からだ。

その時、彼は突然私の手を持ち上げて自分の口元に寄せた。

王子の名の通り、美しい立ち姿と流麗《りゅうれい》な仕草は見るものの目を釘づけにする。

彼の姿は、姫君の手にキスをしてご機嫌をうかがう、麗《うるわ》しい王子に見えた。

「なければ、もういいか。そろそろ夕べの償《つぐな》いをしたい」

「え？」

手の甲に口づけたまま、彼が上目遣いに私を見る。

「ひどい態度を取った。お前に惚れてる男の可愛い嫉妬《しっと》だと思って、許してくれないか」

その言葉に、私の鼓動《こどう》は否応《いやおう》なく高鳴った。同時に、じわりと涙が滲《にじ》む。

「……本当、に？　私でいいの？」

「お前しかいない。愚《おろ》かな男に挽回のチャンスをくれ」

いつになく自虐的《じぎゃくてき》な彼のセリフに思わず笑ってしまい、目尻から一粒涙が零《こぼ》れる。

次の瞬間には、私は彼の腕の中に飛び込んでいた。


そのあと連れて来られたレストランは、佐久良さんに連れて行かれたのとはまた別のホテルにある、夜景が素晴らしく綺麗《きれい》な店だった。

ドレスコードのあるレストランじゃないのだろうか、と不安になる。

今までにも、彰くんには私が普段行かないようなお店に連れて行ってもらった。だけどここは、格が違う。そう感じる。

私の服装は、白のブラウスと濃いグレーのハイウエストのスカートで、パンプスは以前彼が買ってくれたものだ。仕事の時は、この上にカフェエプロンを着けている。

ラフすぎる格好ではなかったが、決してドレスアップしているとは言えない。

気後《きおく》れする私を隣に並ばせ、彼は気にも留めずに店内に足を踏み入れた。

「気に入ったか」

広い個室に通され、夢見心地のまま席に着く。

本当に、こんなところで食事をしていいのだろうか。私みたいな庶民には、一生縁のない場所に思えた。

メニューを見てもよくわからない私の様子を察して、彰くんが好みだけ聞いてオーダーをしてくれる。彼は日本語を話しているのに、別の国の言葉のようでぼうっとしてしまう。

美しい景色に、華やかな料理、グラスに注《つ》がれたシャンパン。くるくる回りながら上《のぼ》っていく小さな泡が、シャンデリアの光に照らされて金の粒のように光った。

美味《おい》しくて、眩《まばゆ》いほどにキラキラしていて、惜しみなく与えられる贅沢《ぜいたく》に浸りながらも不安にもなる。

――私は本当に、ここにいてもいいのかな？

「茉奈。部屋をとってある。そこで話そう」

食事を終え、彼に手を引かれてレストランを出る。

彼の指が優しく私の手のひらをくすぐった。官能的な香りの漂《ただよ》う誘いに、私は尻込みして歩幅が小さくなり、やがて足が止まる。

エレベーターは目の前だ。乗ってしまえば、きっとまたあの濃厚なひと時が始まる。

心が震えた。嬉しく思うのと同時に、少し怖いと思うのは、やっぱり自分に自信がないからだ。

顔を上げれば、じっと私の表情をうかがう彼と目が合った。

私は深呼吸をして、彼の腕をつかみ頭をすり寄せる。

それが合図だった。怖いけれど、今ならきっと、彼は誠実に話をしてくれる。

そう信じることにした。

私はもう、泣いて逃げるばかりだった子供じゃないのだから。

「すごい部屋……ねえ、たった一泊するだけで、こんなのもったいない」

ここはもしや、スイートルームというやつじゃないだろうか。

こんなところに泊まったことがないからわからないけれど、普通の客室でないことは確かだ。

「気に入ったなら、しばらくここで過ごしてもかまわないが」

「なに言ってるの、そんなわけにいかないでしょ」

ふかふかの柔らかい絨毯《じゅうたん》、大きなソファセットに贅沢《ぜいたく》な調度品がリビングルームを飾っている。いくつかある扉を開けて回って、最後に一番奥の部屋を開ければ、キングサイズのベッドがどんっと現れた。

しまった、と思った時にはもう遅い。

「茉奈から寝室に誘ってもらえるとは思わなかったな」

「さ、誘ってない！」

すぐうしろに彰くんが来て、そのまま押されるように一緒に寝室に入った。

彼はスーツの上着を脱ぐと、ドレッサーの椅子に引っかけ、ネクタイを緩めながらベッドに腰かける。

「おいで、茉奈」

いつもより、いくらか優しい声と言葉遣いだ。

ゆっくりと近づき、差し伸べられた手に自分の手を重ねようとした。だがそれより先に、彼の手が私の腕を取って引き寄せ、お腹に腕が回される。

「きゃっ」

私は彼の膝《ひざ》の上に座らされ、背後から彼に優しく抱きしめられていた。

「お前にとって、颯太が特別なのはわかってる」

彰くんは私のお腹の前で両腕を組み、肩に顔を伏せて言った。溜息が私の首筋をくすぐる。

「……特別って？　私と颯太くんは、別になにも……」

彼はもしかして、私たちの仲を疑っていたのだろうか。まったくの誤解だ。

とっさに振り向こうとしたけれど、それを咎《とが》めるように首筋に軽く歯を立てられ、背筋がびくっと震える。

「なにもないのは知ってる。……けど、お前は子供の頃から颯太しか見てないだろう」

「そんなこと、は……」

「なにかあれば、颯太を頼る。他の女子と喋《しゃべ》る勇気が出ずに、結局諦《あきら》めて颯太のとこに逃げてきてただろう。俺らはいつも一緒にいられるわけじゃないのに、颯太は無責任に優しくするし。それを見てたら、颯太にもムカついてた」

聞けば聞くほど、それは子供のヤキモチだった。

呆気に取られていると、彼の手がブラウスの上からお腹の皮膚をさわさわとくすぐりはじめる。まるで、照れ隠しのようだ。

「……そんな、子供の頃のことだし」

「今だってそうだろう」

確かに、前の店でのことを相談したのは颯太くんだけだった。けれど、それは他に相手がいなかったからでもある。

「颯太くんには、髪を切ってもらうために定期的に会ってたから。それだけで……」

それに彰くんとはまだ再会していなかったから、相談のしようがなかったではないか。

とはいえ、昔のままの関係なら、再会しても相談することなどなかっただろうけど。

でも、今は違うのに。

「わかっているが、妬《や》いた。俺に黙って会いに行ったうえに、髪まで触らせて」

お腹に回った腕の力が、ぎゅうっと強くなる。

もしかして、とは思っていたけれど、まさか本当にそんな些細《ささい》なことを気にしていたとは。そして、それを素直に吐露《とろ》したことに驚いた。

「そっ……それは、だって、彰くんがいなかったから言わなかっただけで……なのにあんなに機嫌悪くて、怖かった」

「……茉奈」

「それに、佐久良さんとの婚約のこととか、聞きたかっただけなのに」

「その噂が流れていることは、帰ってから知ったんだ。お前の耳にまで入ったから、颯太に頼りに行ったのかと、頭に血が上《のぼ》った」

「じゃあ……じゃあ、あのあと、急に素っ気なくなったのは？」

「あのあと？」

「……初めて、した、あと」

恥ずかしく、少しぼかして言葉にした。

まず一番はじめに不安になったのは、それが原因だった。

抱いたあとで素っ気なくなる理由なんて、あまりいいものは浮かばない。

「素っ気なく……した覚えはないが。いつも通りだ」

「えっ？　だって、あれから全然……」

——触れてくれなかった。

そう言葉にしかけて口ごもる。それ以上は言えずに口を閉ざしていると、首筋で彼がふっと笑った。

「出張を控えていて忙しかったのもあるが……」

「え？　それだけ？　そんなわけ……」

「あの夜、無理をさせた。翌日、起きられなかっただろう。だからしばらく自重していたんだが」

拍子抜けして、固まってしまった。あんなにもやもやして不安を積み重ねていたのに、聞けばなんてこともない理由だったとわかって力が抜ける。

「う、うそぉ……だって、出張の前日だって……」

「翌日、茉奈が仕事だとわかっていたから諦《あきら》めた。しばらく会えないとわかっている時に、抱いて歯止めが利くわけがないからな」

——それならそれで言ってよ……！

じわじわと羞恥心《しゅうちしん》が湧いてくる。身体が熱くなってきて、彼に抱きしめられているこの姿勢が、急に居心地悪く感じた。

きっと今、真っ赤になっていることを、彼にも気づかれている。

案の定、うしろからくっと笑い声がした。そして急に、かぷりと耳を唇で挟まれた。

「ひゃんっ」

「そうか……身体を気遣ったつもりだったが、不安にさせて悪かった」

「あ、んんんんっ」

ぬるりと熱い舌が何度も何度も、耳の縁を這《は》う。同時に彼が零《こぼ》す熱い吐息に、ざわざわと肌が粟立《あわだ》った。

湿った息と舌で耳を愛撫《あいぶ》され、私の息も熱くなる。

「これからは、遠慮せずにしよう。寂しかったんだろう?」

「やっ……」

「俺も、どれだけ触れたかったか」

耳から首筋に彼の舌が下りていく。ちゅっ、ちゅう、と肌に吸いつく音がすぐ耳元で響き、頭の芯まで溶かしていった。

「……彰くん」

名前を呼んだ。お腹に回された手に、自分の手を重ねてみれば、彼がぴくりと反応したのがわかった。

ちゃんと、彼に伝えておきたい。きっとこの先、私は溶けてなにも言えなくなってしまうから。

「私、彰くんのこと、好き」

顔が見えなくてよかったと思う。そうでなければ、言えなかった。自信がないのだ。

佐久良さんの言った通り、私が会社に関することで彼の力になれることはなにもない。

別の形で役に立ちたいとは思うけれど、それは私の願望にすぎなくて、独りよがりでないと確信がほしかった。

「……私が傍《そば》にいてもいいの？」

その時、腰にあった手が、私の顎《あご》を捕らえて顔だけ振り向かせる。

黒い双眸《そうぼう》があまりに近くにあって、鏡のように私を映していた。泣き出しそうな、私の顔を。

「お前がいると、楽に息ができる」

そう言うと、彼は目を合わせたまま私の唇を一度、啄《ついば》んだ。

「言ったはずだ。お前は俺のものだと」

私に言い聞かせるように、ゆっくりと静かな声で告げる。そして、深く唇が重なった。

私が目を閉じると、目尻から零《こぼ》れた涙が頬を濡らす。

開いた唇の隙間から入り込む彼の舌を、拒む理由はもうどこにもなかった。舌を絡め、唇をなぞり、角度を変えてまた吸いつく。

キスだけで腰が疼《うず》き、力が抜けていくのがわかった。

彼の腕に支えられながら、徐々に傾いていく私の身体を、キスが追いかけてくる。

柔らかなベッドの上に背中がついたと思えば、彼の手が私の手をやんわりと解《ほど》き服の上から身体のラインをたどりはじめた。

「ん……んっ……」

キスが優しい。触れる手が温かい。熱い舌が、私を欲しいと伝えてくれる。

キスはもう何度もしたのに、すべての行為に愛情が感じられ、幸福感が押し寄せてきた。

止められなくなってしまった涙が、絶えず耳のほうへと流れている。

腰をたどり、胸を掠《かす》め、首筋から頬を撫《な》でた彼の指先を、その涙が濡らしたのだろう。

長いキスが一度途切れて、鼻が触れるほどの距離で見つめ合う。

「好きだ、茉奈」

その言葉に嗚咽《おえつ》が込み上げてきて、思うように言葉も紡げなくなってしまう。

私も好きだと、言いたい。何度でも伝えたいのに、涙が喉を詰まらせて声が出ない。

けれど、私の気持ちはちゃんと彰くんに伝わっているらしい。

彼が嬉しそうに微笑みながら、夕べと同様に私の目尻に指先で触れる。

「……こんな泣き顔なら、悪くない」

そうして唇を目尻に落とした。涙の痕《あと》を舌でたどって、こめかみを伝《つた》っていく。

「……あ、んっ」

舌で耳孔《じこう》の縁まで舐められて、甘い声がもれてしまった。涙の全部を舐め取ろうとしているかのように、彼の舌が執拗《しつよう》に耳を嬲《なぶ》り続ける。

舌だけでなく、熱い吐息までが私の身体を刺激して、彼の腕の中で身を捩《よじ》り、ワイシャツを握りしめた。

耳を愛撫《あいぶ》されただけで、指先にもう力が入らない。首筋、喉、鎖骨へと唇が滑《すべ》っていく。舐められては吸いつかれ、歯を立てられて、鎖骨から胸元の柔肌に触れる。自分の胸元がいつのまにか乱れていることに気がついた。

ブラウスを開き唇が割り込んできて、膨《ふく》らみに口づける。うつむくと、彼の柔らかな黒髪が目に入り、思わず両手を回して抱きしめた。

それだけで、下腹部が熱くなる。身体の中を込み上げてくる熱に自分がおかしくなりそうで、怖くなった。

「は……あ……」

彼の首筋にしがみついたままでいると、腰の下に彼の腕が回った。胸にキスを受けながら、彼に身体を引き起こされる。彼の脚の間で立て膝になると、腰からブラウスの中に入りこんだ彼の手がブラのホックを外し、するりと脇を通って解放された胸に触れた。

両方の胸を持ち上げられ、丁寧に柔らかな膨《ふく》らみを舐められるけれど、敏感な頂《いただき》にはなかなか触れてもらえず、焦《じ》れて腰が震える。

「あ……んっ……」

もどかしい。彼は丹念に胸の谷間に舌を這《は》わせ、唾液で濡らしたあと、持ち上げた胸の膨《ふく》らみの下のほうにも口づける。

指先が頂《いただき》に軽く当たって、びくんと身体が跳ねた。だけどやっぱり、ほんの一瞬当たっただけ。

薄く目を開けて見下ろせば、大きく口を開けて胸の下にしゃぶりつく彼と目が合い、途端にきゅんとお腹の奥が鳴く。

「あ……彰、くんっ」

名前を呼んだ私を無視して、彼は一心に私の目を見ながら胸を舐めて吸いつく。よく見れば、さっきまで彼が口づけていた谷間には、赤い花がいくつも散っている。

まだまともな愛撫《あいぶ》も受けていない頂《いただき》が、つんと尖《とが》って上向いていて、それが恥ずかしい。

早く、触ってほしいと主張しているみたいで。

「……また、意地悪っ」

「ん……なにが?」

すっとぼける彼が、憎らしい。唇を噛んで震えていると、彼が胸から少し離れて、口角を上げた。

「……次はちゃんと、自分でどうしてほしいか言えよ」

「そんな、無理……あああっ!」

言葉の途中で、ぱくりと頂《いただき》を口に含まれた。敏感な胸の先に舌があてられ、何度もこすられる。

そこからじんじんと熱が広がっていく。彼の大きな両手がブラウスを脱がすように肩口から入り込み、肩から腕まで撫《な》で下りた。

「んっ……ぁっ」

ブラウスが肘に絡んで、身体が動かしづらい。こうして衣服を脱がされている間も、絶え間なく舌で頂《いただき》を愛撫《あいぶ》され、私の唇から甘い声がもれ続けていた。

袖《そで》のボタンが外され、腕からブラウスが引き抜かれると、彼の手が素肌に触れる。

熱い手のひらがまた胸を下から包み、彼が胸の先を解放すると、そこが空気を感じてひんやりとした。

「随分《ずいぶん》、尖《とが》ってる。気持ちいいか」

「あ、んんっ」

濡れた先端を、今度は彼の指が優しく捏《こ》ね、唇はもう片方の胸を愛撫《あいぶ》しはじめた。ちゅっ、ちゅっと唾液を絡めながら、口の中で私の胸をもてあそぶ。かり、と歯を立てられた時には、びくびくと身体が震えて、悲鳴のような高い声がもれた。

「……あぁっ！」

下腹部がじゅんと潤《うるお》って、熱を感じる。

胸を弄《いじ》る手とは逆の手が、ウエストラインをたどってスカートのジッパーを下ろした。そして腰からお尻の窪《くぼ》みをたどり、下着の中へ潜《もぐ》り込む。

「やあ、あん、ダメ」

触れてほしいけれど、きっともう、はしたないほどに濡れているのだ。それを知られるのは恥ずかしい。どうか彼も、そんなことに気がつかないほど行為に没頭《ぼっとう》していてほしいと思う。

腰がうしろに逃げようとするけれど、彼の手が下着とスカートをまとめてつかみ、一気に膝《ひざ》まで下ろしてしまう。

ちゅ、と啄《ついば》むような音がして、彼の唇から胸が解放された。そのまま押し倒してくれればいいのに、これでは彼の眼前にこんな恥ずかしい姿をさらしてしまう。

いっそもっと近づけば見られないのではと、彼の肩に抱きつこうとしたけれど、腰をつかんだ手にやんわりと阻《はば》まれた。

「……隠すな。全部見せろ」

彼の視線が、膝《ひざ》から下腹部、腰、胸へとゆっくり上がっていき、私と目が合った。

かあっと身体中が熱くなり、涙で目が潤《うる》む。

彼の片手が、自分のワイシャツのボタンを外している間、もう一方の手が腰をくすぐりながら下腹をたどり、ゆっくりと脚の間にある茂みに触れた。

「あ……っん……」

「もう濡れてる」

茂みに関節ひとつ分ほど指を潜《もぐ》らせて、彼が呟《つぶや》く。そのままさらに奥へと分け入り、濡れた襞《ひだ》に触れた。

「ふ、うぅぅん」

くちゅっと、恥ずかしいほどに濡れた音が、部屋に響く。

最初はゆっくりと、けれど次第に彼は指の動きを激しくして、わざと音を鳴らしはじめた。

快感から逃げ出そうと身体を揺らしても、彼の指は離れず追いかけてくる。襞《ひだ》の形をたどるように一本の指が行き来していて、そこを広げられたかと思えば、中指が浅く差し込まれた。

「あ、んんんっ」

ゆっくりと深さを増していく指に、背筋がしなる。奥に差し込まれた指が壁を撫《な》でて揉《も》み解《ほぐ》し、とろりと零《こぼ》れた蜜《みつ》が彼の手を汚した。

そんな彰くんの手に夢中になっているうちに、もう片方の手は仕事を終えていたらしい。一番下までワイシャツのボタンが外れていた。彼は一度指を引き抜くと、私の唇を啄《ついば》みながらシャツを脱ぎ捨てた。

「肩につかまれ」

そうささやいた彼の声も熱っぽい。言われるままに、両手を彼の肩にのせた。また指が襞《ひだ》を割ってさらに奥まで入り込み、上下に揺すりはじめる。

「あん、ああああっ！」

片方の腕が私の腰を抱き、逃げられないよう拘束した。

愛撫《あいぶ》が少しずつ激しくなっていく。親指が茂みをかき分け、一番感じる花芽を探り出した。

「ひあぁっ！」

くるくると花芽の上で円を描かれて、中と外とを同時に弄《いじ》られる。目がチカチカとして、視点が定まらない。

「や、やだ、もう、あああ」

自分の姿勢すら保てない。彼の肩にすがりつけば、私の中に埋《うず》めた手はそのままに、ベッドの上に倒された。だらしなく開いてしまっている膝《ひざ》を慌てて閉じようとしたけれど、彼の手に阻《はば》まれる。

私の中をかき混ぜ、水音を響かせながら、彼が膝《ひざ》にキスをして内腿《うちもも》をゆっくりとたどってそこに近づいてくる。

「痕《あと》、消えてるな」

脚の付け根あたりでぼそりと呟《つぶや》かれ、その息にすら私の肌は反応してぴくんと震える。

「やん、ああ……」

一度指の動きを止めた彼は、花芽を押さえていた親指を少しずらした。

ああ、まさか、と身体は期待に震える。

彼の熱い舌が指の代わりにあてがわれ、抗《あらが》えない快感に上半身を捩《よじ》らせた。

「ああ、あああああっ……」

濡れた舌が花芽を転がし、唇がそこを啄《ついば》む。中に埋《うず》められた指もふたたび動きはじめ、花芽の裏をこすった。

舌先は柔らかくて熱くて、そこから生まれた熱が身体の感度を高めていく。

きゅう、とお腹の奥が鳴き、彼の指を締めつけては緩む。収縮を繰り返し、私は背中をそらしてシーツをつかんだ。

身体にたまった快感が、放出されそうで少し足りない。高まるギリギリのところで彼が唇を離してしまうからだ。わざとやっているなら、やっぱり彼は意地悪だ。

「やだ、おねが、い、もう、あああっ」

ひくん、ひくんと小さく痙攣《けいれん》する身体をどうすることもできなくて、私は懇願《こんがん》する。

「なに？」

「ひあっ」

少しだけ唇を離して彼が声を発し、吐息で身体がびりびりと震えた。

「どうしてほしいか、ちゃんと言え。さっきそう言わなかったか？」

また意地悪なことを言っては、ちゅっ、ちゅっ、と花芽を啄《ついば》んで私を誘う。彼の愛撫《あいぶ》を受けているそこがどうなっているのかは見えない。見えないけれど、わかる。

苦しいほどに熱が集まって疼《うず》いて、もっとちゃんと触ってほしいと、期待してひくついている。

「あ……彰くんっ……」

「ん？」

「い、意地悪しないでっ……ちゃんと……あっ」

中に埋《うず》められた指がゆっくりと膣壁を刺激して、もどかしい快感がよせては引く波のように肌をざわめかせた。

「言わなきゃわからない」

「あ、あぁっ……」

「どうしてほしい？」

彼は指で浅くかき混ぜながら、私の内腿《うちもも》に頬ずりして口づける。肌をくすぐる髪にさえ煽《あお》られて、私は堪《こら》えきれずに口にした。

「もっと、ちゃんと……キスして、舐めて、ほし……」

「どこに？」

それすらも、言わないとわからないと言うのか。脚の間からこちらを見る黒い瞳を恨《うら》めしく睨《にら》みながらも、欲求に抗《あらが》えない。

「……こ、こ」

彼の目の前で疼《うず》いて仕方ない場所を、一瞬だけ指で触った。

その瞬間だった。色香を漂《ただよ》わせながらもどこか余裕を残していた彼の瞳が、欲情に熱く支配される。

それを見て、私の下腹部がどくんと疼《うず》いた。彼の熱い舌が、私の指を押しのけて花芽を舐《ねぶ》りはじめる。

「あ、ああああ」

さっきまで散々もどかしい愛撫《あいぶ》を受けた場所だ。私の身体を高めようと動く舌に、なす術《すべ》なく翻弄《ほんろう》される。

彼は舌先を尖《とが》らせてくるくると円を描いたかと思えば、ちろちろと弾いて転がす。

「ひあっ、ああ！　あんっ！」

ぱくりと花芽を唇に挟まれ、音がするほど強く吸いつかれ、限界まで高められた快感が弾けた。

がくがくと腰が震え、自分の中がいっそう強く収縮して彼の指を締めつける。

「あ、あっ……あああああ！」

悲鳴のような高い声で、私は啼《な》いた。びくん、びくんと震える身体をなだめるように、彼が私の脚を撫《な》で、花芽を口から解放する。

埋《うず》めていた指もゆっくりと抜き出すと、起き上がって私を真上から見下ろした。

「あ……うっ……」

「よかったか？　お姫様」

彼の手が私の首筋から頬を撫《な》でる。達した直後の敏感になった肌は、些細な刺激にすら反応して背筋を震わせた。

そんな私を見て、彼が満足げに笑う。無理やりいやらしいことを言わされた私は、恥ずかしさにじわじわと汗と涙が滲《にじ》み出てきた。

「馬鹿っ！　きらい！」

ばしん！　と平手で彼の胸を叩いたが、まるで応《こた》えた様子はない。それどころか、振り下ろされた私の手首を捕まえて、私の頭上に押しつけると、もう片方の手で私の頬に触れた。

「悪い。俺はやっぱり、お前の泣き顔が好きらしい」

親指が私の目尻の涙を拭《ぬぐ》う。困ったように眉尻を下げた彼の視線や指先は、本当に愛しいものに触れるかのように優しい。優しいのに、言うことはとにかくひどい。

「真っ赤な顔して涙を溜めて、睨《にら》んでくるとことか。こういう泣かし方もいいな」

「さいてー。ひどい」

「好きだよ」

苦情を受け流しながら、彼は私の唇や目尻の肌を軽く啄《ついば》み、キスを落とす。そうしながら、腰から脚へと手を伝わせて、膝《ひざ》を開かせた。

ぴり、と避妊具の包装を破る音が聞こえた後、とろとろと蜜《みつ》を零《こぼ》し疼《うず》くその場所に、硬い熱があてがわれる。彼の愛撫《あいぶ》に溺れているうちに、いつのまにか彼も衣服をすべて脱ぎ捨てていた。

「茉奈」

片手は頭上に拘束されたまま、こつんと額《ひたい》が合わせられる。

互いの息が、空気を震わせる。頭上にぬいとめられた私の手は、すがるように彼の手を強く握り返した。

「んっ、あ、あ、あああ……」

私の中を押し進んでくる熱に、唇が戦慄《わなな》く。深くなるほどに、私の中が奥へ奥へ彼を迎えようと脈打っているのがわかった。

「茉奈っ……」

彼が綺麗《きれい》な眉を顰《ひそ》め、私に口づけた。舌を絡ませ、私の吐息も喘《あえ》ぎ声も、すべて彼が呑み込んでしまう。

ずんっと一番奥深くに彼を感じ、ぴったりとふたりの腰が重なる。

彼はキスをやめて、私の唇をぺろりと舐めた。

「あ……あ……」

持ち上げられた脚が、腰が、微かに痙攣《けいれん》する。苦しいくらいに私の中はいっぱいで、手足が強張《こわば》ってうまく身体が扱えない。

「茉奈」

奥まで埋《うず》めたまま彼は動かずに私の名前を呼び、優しいキスを繰り返す。そのキスになだめられて、少しずつ身体の力が抜けていく。そうするにつれて、身体の奥にある彼の存在をより深く感じた。

身体だけでなく、心でもつながっているのだと実感して、胸の奥から込み上げてくる感情があった。それが、また私の目を潤《うる》ませる。

「……可愛いよ、茉奈」

彼の舌が私の下瞼《したまぶた》や目尻をなぞって涙をすくい取り、手が私の頭を囲いこんだ。ゆっくりと腰が離れ、彼の熱が浅いところまで引き抜かれていく感覚に、ぞぞっと肌が粟《あわ》立《だ》つ。

「や……や……」

ひくひく、と私の中が寂しそうに疼《うず》くのを感じ、彼の首筋にすがりついた。身体中が、離れないでと彼を求めている。

そんな私を安心させるように、彼は私の顔中にキスを繰り返した。

「あんんっ！」

突然、ずんっと勢いよく一番奥を突かれ、身体中に甘いしびれが走った。大きく腰を引いては奥を突く。それを何度か繰り返し、徐々に律動《りつどう》が速くなる。ふたりのつながる濡れた場所が、こすれてさらに熱を持ち、淫靡《いんび》な蜜《みつ》の音が響き渡った。

「あ、ああっ　あ、きら、くんっ……」

身体中が熱い。口の中まで潤《うるお》って、唾液を呑み下す余裕もない。身を捩《よじ》って顔を背《そむ》ければ、口の端からそれが零《こぼ》れてしまった。

そう気づいても、自分でどうすることもできない。するとその唾液の跡をたどるように、耳から唇へと彼の舌が掠《かす》めていった。

「ふ、うんんっ」

そのまま私の唇を塞《ふさ》いで、舌を絡めながら奥を突き上げ、揺さぶる。身体が昂《たかぶ》り、電流のような快感が脳まで突き抜け、視界にチカチカと火花が散った。

「あふ、んん」

怖いくらいに、つながっている場所が熱い。ふたりの熱が混じり合って、本当にこのまま溶けてしまいそうだ。

「まっ……て」

顔を背《そむ》けてキスを避け、息継ぎをする。それでもかまわず打ちつけてくるから、押し寄せてくる快感に身体が勝手に逃げようと上へとずり上がった。

「茉奈……腰が逃げてる」

「だってっ……」

「なに？」

彼が動くのをやめ、私の首の下に片腕を通して肩を抱いた。もう片方の手が、汗で顔に張りついた髪をうしろへと撫《な》でつけてくれる。

普段は意地悪なのに、こうして触れる仕草はとろけるように甘くて優しいから、反則だと思う。その優しさに、少し甘えた。

「……変に、なりそうで怖い」

「お腹の奥、熱すぎて、変……もうちょっと、ゆっくり……」

こんな熱さは知らない。変になって、なにもわからなくなりそうで怖くて、正直にそう言ったら優しくしてくれるかと思った。だけど結果はまったく逆だった。

彼はぐっと喉を鳴らして目を細めた。ごくん、と唾を呑み下したかと思うと、私の肩を抱いた腕にぎゅっと力を込める。

「……奥、だな」

「え……」

私の上半身がしっかりと固定され、衝撃を逃がせなくなった。そう気づいたのは、ぱんっと音が鳴るほど強く腰を叩きつけられた時だ。片脚を上げさせられて、そのまま最奥を抉《えぐ》るようにこすられる。

「ひあっ！　やあぁっ、なんでっ！」

私が熱いと訴えた最奥へ、彼自身がさらに深く入り込む。

「うあ、ああああ」

彼の腕にしっかりとつかまれて、逃げ場はない。高まり続ける身体に、怖くなって宙《ちゅう》に手を伸ばす。だけどすがるところなどどこにもなくて、彰くんの身体しかなくて、私は彼の背に両手を回し爪を立てた。

「あぁあっ……んぁっあっ」

ぽろぽろと涙が溢《あふ》れる。悲鳴にも似た喘《あえ》ぎ声の合間に、私は何度も「すき、すき」とうわごとのように零《こぼ》す。そんな私を追い立てることを、彼はやめなかった。

奥を揺すられ、激しくかき回されて息を乱す。私を腕の中に閉じ込めながら、彼が耳に唇を寄せた。荒い息遣いが鼓膜に響いて、きゅうっとお腹の奥が収縮する。

「ひっ、あっ！」

「茉奈……可愛い」

身体が震える。溜まった快感が弾けて溢《あふ》れる直前の、細かな痙攣《けいれん》が治まらない。

彼がずんっと一際強く、奥を叩いた。

「あ！　あああああっ！」

がくがくと腰の痙攣《けいれん》が全身に広がり、身体をのけぞらせる。それを押さえ込むように、彼は強く私を抱き竦《すく》め、耳元で繰り返しささやいた。

「茉奈……茉奈……っ」

「ふあ、あっ……」

「……愛してる、茉奈」

涙が止まらない。私も、と声に出そうとしたけれど、どうして私は泣いてしまっているのだろう。

彼の手が優しく髪や身体を撫《な》でてくれる。私の息が整うのを待ってくれているのだとわかった時、お腹の中に埋まったままの彼が、まだ熱く硬いことに気づいた。

彼のことを考えるような余裕はなかったけれど……私だけが達してしまったのかもしれない。

「……あ、彰くん？」

息は整ったが、正直身体のほうは、ガクガクしてまともに力が入らない。

「もう少し付き合え」

にっと口元を歪《ゆが》めて、彼が私の額《ひたい》や頬にキスをする。そんな仕草が、私に甘えているようで、きゅんとお腹の奥が鳴いた。

身体が彼を締めつけ、喜んでいる。彼は小さく唸《うな》ったかと思えば、またゆっくりと律《りつ》動《どう》をはじめた。

強く腰を押しつけられるたび、敏感になった膣壁や花芽に彼の身体がこすれて、たまらなく気持ちいい。

「あんっ！　ふあっ、待って、まだ」

これではすぐにイってしまうと、危機感を覚えた。あまりに激しく動く彼の腰を、少しでも緩めたくて両手で防ごうとしたが、そんなものは役に立たない。

「くっ……たまらないな」

絶えず喘《あえ》ぎ、また昂《たかぶ》りはじめた身体を持てあます私を、彼は容赦なく硬い熱で突き上げ続けた。

朝、目が覚めた時、一瞬自分がどこにいるのかわからなかった。

彰くんの寝室とはまた違った雰囲気の天井と、豪奢《ごうしゃ》なドレッサーが目に入って頭が混乱する。

もぞっと上半身だけ起こそうとして、腰に絡んだ腕に邪魔された。

「んん……」

低い唸《うな》り声に、どきりとする。そっとうしろへ顔を向けると、黒い髪が私の身体にすりよせられていた。

彰くんの腕に拘束されたまま、なんとか寝返りをうち、正面から彼の顔を見つめる。

綺麗《きれい》な鼻筋、長い睫毛《まつげ》。黒い眉はキリリと整っていて、本当に彫刻のようだ。薄く形のいい唇が、今は少しだけ開いている。

最初に彼に抱かれた日、目覚めると彼はいなかった。それがとても、寂しかったけれど――

「……夢、じゃ、ない」

こうして、目覚めた時に隣で眠ってくれていたら、夢ではなかったと実感できる。

――愛してる。

頭の中で、彼の言葉がリフレインする。

こうして見ると、子供の頃の面影《おもかげ》は確かにある。あの頃あんなに怖かった彼が、私に『愛してる』と言ってくれた。

じん、と胸が熱くなるほどの幸福感が押し寄せる。起こさないようにと、静かに唇の下に触れた。それだけで、とくんとくんと心臓が高鳴って、もうちょっとだけ触れていたくなる。

すると、ぴくりとその唇が動いた。

「おはようのキスをしてくれるんじゃないのか」

寝起きの、少し掠《かす》れた声が色っぽい。

唇から視線を上げれば、さっきまでは確かに閉じていた瞼《まぶた》が開いて、黒い瞳が私を見つめていた。

「あ、お、はよ」

「ん」

腰に絡んでいた腕に力が込められ、引き寄せられる。

互いの素肌がぴったりと密着して、それがひどく艶《なま》めかしい。鼻先が触れるくらいまで彼の顔が近づいて、ふたたび目が閉じられた。

「え、なに？」

「おはようのキス」

どうやら、彼からの催促《さいそく》らしい。確かに触れたいとは思っていたが、それは相手が眠っていたからで、起きているのにするのは勇気がいる。

人差し指でおそるおそる彼の顎《あご》に触れた。じっと目を閉じて待つ彼に、静かに唇を寄せて一瞬だけ重ねる。

「お……おはよ」

ささやかすぎるキスに、彼がくしゃっと表情を崩《くず》して笑う。その笑顔にすら、きゅんと胸が苦しくなってしまう、幸せな朝。

「そんな、こわごわ触らなくても」

「だ、だって」

「心配しなくても、全部お前のものだ」

ころんと仰向けに転がされて、彼が覆《おお》い被さってくる。大きな手のひらが私の視界を遮《さえぎ》ったかと思うと、前髪を全部かきあげた。その瞬間、唇が重なった。

「んんっ……」

私がしたようなものじゃない、深く重なるキス。私の全部を溶かしてしまうような、甘く優しいものだった。

ひとしきり堪能したあと、彼が唇を離しぺろりと舐める。

「お前も、俺のものだ」

とろんととろけた私の心を揺らしたのは、甘い束縛の言葉だった。

それからしばらく、ふたりベッドの中でまどろんでいた。彼は背後から私の身体を包んでいる。

「……大丈夫なのかな？　本当に」

彼の手に自分の手を重ねて遊びながら、ふと浮かんだ不安を口にする。

「なにが」

「……佐久良さんの言ってたことは、あながち間違いじゃないと思って」

彼女なら、きっと会社の中でも彰くんを守ることができたのだろう。彼女じゃなくても、彰くんには相応の相手を、と周囲が思っていても仕方ない。きっと私たちは、反対を受けるだろう。

彰くんの気持ちを疑うわけではない。だけど、私の存在が彼の邪魔をするのは嫌だった。

「……いいよ。私はね、結婚とかできなくても」

どんな形でも一緒にいられればいい。それくらいの望みなら叶うだろうか。

「……なにを馬鹿なことを」

呆《あき》れたような彰くんの声がする。肩をつかまれ振り向かされた私は、泣きそうな顔をしていたんじゃないかと思う。

「もともと、最初から歓迎なんてされてなかった。俺以上に適任がいれば、そいつが会社を継げばいいと俺も思ってるしな」

「そうなの？」

本当だろうか。それは悔しくないのだろうか。

彼の目を見て真意を探ろうとする。すると、彼はにやっと口元を歪《ゆが》め、自信に溢《あふ》れた顔でこう言った。

「俺以上の適任がいれば、な」

あまりに不遜《ふそん》な物言いに、ぽかんとしてしまった。

彼は、本当に思っているのだろう。自分以外に会社を継ぐに相応《ふさわ》しい人材はいないと。

そして、それはきっと彼が積み重ねてきた実績の賜物《たまもの》でもあるのだ。

「誰にも文句は言わせない」

「彰くん……」

「お前の夢を壊すつもりもない。自分のカフェを持つのが夢なんだろう？」

彼が両手で私の顔を包み込む。ふわっと触れるだけのキスをして、私の瞳を覗《のぞ》き込んできた。

「カフェは、自分の力で出したい」

「好きにすればいい。けど――」

彼が私の左手を取り、薬指に口づけて続けた。

「この指に指輪をしてもらうのは早いほうがいい」

左手の薬指だ。その意味がわからない女なんていないだろう。

「……それ、本当に？」

尋ねながら、じわりと涙が滲《にじ》んでくる。

「俺は、茉奈に嘘をついたことはない」

「嬉しい」

私をまっすぐに見る黒い瞳を、信じられると思った。

笑った拍子に、ぽろっと涙が一滴零《こぼ》れて落ちる。彰くんの首に両手を回すと、彼が私の頭を撫《な》でてくれた。

彼にはひどい言葉を投げかけられたこともあるし、意地悪もたくさん言われたけれど、確かにどこにも嘘はなかった。

だからこそ、信じられる。

これから先流す涙は、きっと彼がすべて受け止め、拭《ぬぐ》ってくれるのだ。

＊＊＊

カフェは、朝から忙しかった。

秋が近づいているというのに、残暑は厳しい。通勤で汗を滲《にじ》ませた人たちが、始業前のひと時のためにアイスコーヒーをテイクアウトしていく。

慌ただしい時間が過ぎて、やっと一息つけた時だった。

「茉奈」

カウンターのガラスケースを指で叩く音がして、見ると彰くんが立っていた。

「あき……柏木専務、お疲れ様でございます」

うっかり『彰くん』と呼びそうになって、辛うじて堪《こら》えた。こんな時間に彼が来るのは珍しい。

「今から一時間後に、役員室にアイスカフェラテをふたつ頼む。ひとつはミルクたっぷりで、ガムシロップもつけておいてくれ」

「はい。かしこまりました」

こういう注文は珍しいことではない。会社のお客様には、受付や役員室の社員が飲み物を用意するのが通例だが、たまにお好みに合わせてカフェから出すこともある。

そういう時は、私たちカフェスタッフの中の誰かが役員室や応接室の近くまでお届けして、秘書に預けることになっていた。

「茉奈が持ってきてくれ」

「えっ？」

「頼む」

「かしこまりました……ご用件はそれだけでしょうか？」

なぜ指名されたのかはわからないが、どちらにしろ電話で伝えてもらえば十分な内容だ。専務が直接店まで来るほどの用件じゃない。そのことが腑《ふ》に落ちなくて、首を傾《かし》げて尋ねた。

すると彼は、誰もがうっとり見惚《みと》れてしまいそうな微笑みを浮かべて、私に手を伸ばす。

しまった、と思った時には遅かった。

「いや。少しだけ、お前の顔が見たかった」

カウンター越しに、彼が私の頬に触れる。親指で肌をするりと撫《な》で、ご丁寧にこめかみの後れ毛を耳にかけてくれた。

「ちょっ、あのっ……」

店内のお客様方、および店長と香山さんの視線がビシビシ飛んでくる中、彼の手を払いのけるわけにはいかず、おろおろと視線を泳がせる。

「あとでな。ああ、それと、今夜は早く帰れそうだ」

「わ、わかった、わかりましたから。それでは後程お届けいたします」

私が困っているのをわかっていて、わざとプライベートの空気をダダもれにしているのだ。そんな彼を早く帰らせたくて、会話を強制的に終了させる。

それでもペースを崩《くず》さない彼は、私の髪を撫《な》でてからようやく離れていった。

ガラスのドア越しに彼の背中を見送って、はあっと溜息をつく。

「相変わらず、溺愛隠しませんね」

にまにまと嬉しそうな笑顔で近寄ってきたのは、香山さんだ。店長もこちらを見てくすくすと笑っている。

「……すみません、本当に」

申し訳なくて、店長に向かって頭を下げる。

「そんなに迷惑でもないわよ。忙しい時間帯の時は、ご遠慮くださっているみたいだし。面白いものが見られるから、客足も伸びるんじゃないかしら」

「いやいやまさか……そこまでは」

ははは、と乾いた笑いがもれた。彰くんは相変わらず……いや、以前よりパワーアップしていて、わざとらしく店で私に絡んでいく。一緒に住んでいることも憚《はばか》らず口に出すので、いまや私は彼の恋人としてすっかり知られてしまった。

「それにしたって、まさか役員室へのオーダーのために自らここに来られるなんて。プライベートな会話を周囲に聞かせるのと、どっちがついでなんでしょうね」

「ほんとに。立河さんも大変ねえ」

香山さんに続いたのは、店長だ。ふたりとも他人事だと思って、『大変』とか言いつつとても楽しそうにしている。

あれから一週間もたたずに、佐久良さんは体調不良を理由に退職してしまった。というか、私とラウンジで会ったあと、一日も出勤していなかったらしい。

彰くん曰《いわ》く、常務がそうさせていたのだろうという。恐らく、常務が別の見合い相手を探しているんじゃないかという話だ。

彰くんからすれば仕事がやりやすくなったようで、また誰かの息がかかった人材を用意される前にと、自分で男性の秘書を選んできたらしい。

佐久良さんは、大丈夫なのだろうか。相手が彰くんだったから、彼女は私を牽制《けんせい》してまでその立場を守ろうとしたんじゃないかと私は考えていた。つまり、彰くんのことを本気で想っていたのではないかと。

だけど、私が心配するのはお門違《かどちが》いだし、佐久良さんだってそんなことは望んでいないだろう。だから、この件に関して考えるのはやめた。

私は、彰くんから離れない。そう決めているのだから。

心配してやまないのは、彼の会社での立場だった。

本当に大丈夫なのだろうか。風当たりが強くなっていたりしないのだろうか。

私はもう少し目立たないようにしたほうがいいと思うのだけれど、彼はまったく聞いてくれないのだった。


彰くんに指定された時間に、アイスカフェラテをトレーにのせ、役員室のあるフロアを訪れた。このあたりで秘書に預けたいところなのだが、託《たく》そうにも誰もいない。

役員室の重厚な扉を前にすると、少し気後《きおく》れしてしまう。どうしたものか迷っていたところ、扉が向こうから開かれた。

「あ、柏木専務」

開けてくれたのは、彰くんだった。ほっとしたものの、お客様がいる前でまさか彼に預けるわけにはいくまい。

「茉奈、悪かったな。入ってくれ」

「えっ？　か、かしこまりました」

お客様は一体誰なのか。取引先かなにかだと思うのだが、私のことを名前で呼んで大丈夫なのかと汗が滲《にじ》んできてしまう。

それに、ミルクたっぷりのカフェラテというオーダーが気になっていた。相手は女性なのだろうか。

「失礼いたします」

一歩入って会釈《えしゃく》し、顔を上げた。

中のソファに座っていたのは、五十代くらいの男性だった。

座っているから正確にはわからないが、背の高そうな人だ。多分彰くんと同じくらいじゃないだろうか。白髪《しらが》の交じった黒髪をうしろに流して撫《な》でつけており、顔立ちは彫《ほ》りが深く……

彰くんに、似ている……？

そう思った。いや、それ以前に、私はこの顔を知っていた。

――しゃ、社長⁉　彰くんのお父さん⁉

前に、社内報に載っていたのを見たことがある。

狼狽《うろた》えながら彰くんを見た。このミルクたっぷりのカフェラテは、この人のオーダーだというのか。

私の視線の意味に気づいた彼が、にやっと笑いながらうなずいた。どうやら、社長がこっちのグラスをご所望らしい。

レース柄のシリコンのコースターを置き、社長と彰くんの前にそれぞれグラスを置いた。手が震えていたが、無事に終わってほっと息をつく。あとは退室するだけだと思っていたら、また彰くんに下の名前で呼び止められた。

「茉奈、こっちへ」

「えっ？」

トレーを胸に抱えたまま、彼の意図がわからずに立ち竦《すく》む。すると、彼が苦笑いして私に向かって手を伸ばし、腕をつかんで引き寄せた。

「ちょっ、あ、柏木専務っ⁉」

「いいから」

彼はソファに座ったまま私の腰に手を回し、傍《そば》から離さない。

一体なぜこんな真似を……

問おうとしても、彼は私には見向きもせず、蠱惑的《こわくてき》な笑みを浮かべて正面の社長を見ていた。

すると、深々と溜息の音が聞こえてくる。

そちらへ目を向けると、不機嫌そうに眉を顰《ひそ》めたまま、社長が私を見ていた。その表情の作り方が、やはり彰くんによく似ていた。いや、彰くんが社長に似ている、というべきか。

「彼女がそうか」

社長は彰くんへと視線を戻し、そう尋ねた。私はなんの話なのかさっぱりわからず、ただただ緊張して固まるばかりだ。

「ああ。約束通り、イタリアへの進出を決めるところまで持ち込んだ。実現させたら、好きにしていい。そういう約束だったよな」

頭の中をクエスチョンマークが飛び交う。そんな私の腰をつかんでストンと真横に座らせ、強く肩を抱き寄せた。

「彼女と結婚する。他にはなにもいらない」

間近で聞こえた彼の言葉には、強い決意が込められていた。力強い腕の中で、その横顔を見上げる。

じん、と胸が熱くなり、涙が滲《にじ》みそうだった。

「彰くん……？」

名を呼べば、彼は目を細めて私を見てくれた。

「驚かせて悪いな。急だったが、この間の海外出張でイタリアへの事業進出が決定して、つい浮かれた」

「どういうことなの？」

「昔、親父と約束したんだ。厳しいと言われているイタリア市場に参入できれば、希望をひとつ叶えてくれってな。約束した当初は、こんな会社出ていって独立でもするかと思ってたんだが……」

「馬鹿を言うな！」

彰くんの言葉に被せるように、厳しい声が飛んでくる。思わず首を竦《すく》めて社長を見れば、彼の眉間の皺《しわ》はますます深くなっていた。

「お前以外に、誰が会社を継げるというんだ」

言いながら、彼はふたたび私に目を向けた。じっと探るような視線に、私の身体はかちこちに固まる。

なにか、言わなければ。そういえば、きちんと挨拶《あいさつ》もできていない。

「あ、あの。私、立河茉奈と申します。彼と、その、お付き合いを……」

肩にのせられていた彼の手をどけて、立ち上がって挨拶《あいさつ》をしようとした。ところが、社長はすぐに私から視線を外し、手のひらを向けて言葉を遮《さえぎ》る。

「会社は継いでもらう。約束だからな、そのお嬢さんとの結婚は好きにしたらいい」

彼は彰くんに向かってそう言って、ミルクたっぷりのアイスカフェラテにストローを差し、ひと口飲んだ。とても大事な話をしているのに、なんだかアンバランスな光景に思えて少し緊張が緩む。

「ただし、うるさい親戚連中は自分で黙らせろ」

「わかってる」

実の父親との会話だというのに、どこかよそよそしい雰囲気だった。それは、彼の生い立ちが関係しているのだろうけれど、やはりハラハラしてしまう。

「それから、約束はイタリア市場に『参入したら』だ。まずはミラノに第一店舗を作ってからだな」

これで話は終わりだ、とでも言うように社長は立ち上がる。

好きにしたらいい、とは言ってくれたが、とてもじゃないが歓迎してもらえているとは思えない。

焦って立ち上がろうとしたが、腰を抱いた彼の手に邪魔された。

「彰くん、このままじゃ……」

「大丈夫だ、問題ない」

彼の表情に焦りや苛立《いらだ》ちのようなものは見当たらない。

そうこうしているうちに、社長は部屋を出ていってしまった。歓迎されていないのに無理に結婚なんてしたら、親子関係も悪くなってしまうんじゃないだろうか。

それなら、もっと時間をかけて説得したほうがいいに違いない。私も、こんな不意打ちでなければ、ちゃんとご挨拶《あいさつ》の練習をしてきたのに。

あまりにも突然のことに、ただ焦っただけで終わってしまった。

私がこんなに気をもんでいるというのに、彰くんはどういうわけか、くっくっと喉を鳴らして笑いはじめた。

「あ、彰くん？　笑いごとじゃないってば！」

「大丈夫だと言ったろう」

「全然、そんな風に見えないけど……」

「上々だ。実の息子とでもあの調子なんだから、予想がつくだろう」

つまり、もともと無愛想な人だ、ということなのだろうか。それならば、認めてもらっただけでも万々歳なのかもしれないが……それでも安心とはいえない。

表情が冴《さ》えない私の頬に手を添えて、彼が顔を近づけてきた。

「ミラノの第一店舗は、もう来年に出店が決まっている。その報告は当然、社長にも上がっているはずだ」

「そうなの？」

つまり、すでに決定事項であることを、まるで最低条件のように突きつけた、ということだろうか。だとしたら随分《ずいぶん》、天邪鬼《あまのじゃく》な性格だ。

「素直じゃないからな。……誰かに似て」

彼は、ひょいっと肩を竦《すく》めた。その誰かとは、息子である彼自身のことに決まっている。

少し気は楽になったが、結局変わらないこともある。

「でも、挨拶《あいさつ》もさせてもらえなかった……」

打ち解けるつもりはない、と突っぱねるような雰囲気だった。それは気のせいではないだろう。

「茉奈」

「大丈夫。許してもらえただけでも、すごいことだもんね。それから、彰くん。イタリア進出おめでとう。すごいね」

もとから歓迎されないことはわかっている。それなら、渋々であろうと認めてもらえただけでも今は十分だ。

私の瞳を覗《のぞ》きこむ彼に、笑ってみせる。そんな私を慰めるように、彼は柔らかく一度キスをした。

「それほど、落ち込むことはないかもしれないぞ」

「え？」

「あのかっこつけの親父が、甘いカフェラテを茉奈の前で飲んだ。人前では甘党なのを隠してんだけどな」

ぱちっと瞬《まばた》きをした。確かに、あれほど貫禄《かんろく》のある壮年の男性が、ミルクたっぷりのアイスカフェラテを飲んだことには違和感があった。

息子が選んだ相手ならばと、私のことを受け入れようとしてくれたのだろうか。なんて不器用で、照れ屋な親子だろう。

「……似てるね、やっぱり。照れ屋なところが」

無愛想なところも、意地悪な言い方をするところも、表情の作り方も本当にそっくりだ。

くす、と笑ってしまった。

「……誰が照れ屋だ」

拗《す》ねたフリをして、彼が額《ひたい》をこつんとぶつけてきた。それから、どちらからともなく唇が近づき、キスを交わす。

「んっ……ふ」

互いの舌をこすり合わせ、絡めていくうちにキスはどんどん深くなり、私は彼の首筋に両手を絡めた。

「んん……う」

トレーが膝《ひざ》から滑《すべ》り落ち、鈍い音を立てて絨毯《じゅうたん》の上に落ちる。

その音ではっとした。そうだ、私はただカフェラテを届けに来ただけで、まだ仕事中だった。

「ん、ま、待って」

慌ててキスから逃れようと、顔をそらした。だが、彼の唇は頬を啄《ついば》みながら追いかけてくる。

「ちょっ、ダメ。仕事に戻らなきゃ」

「問題ない。三十分の休憩時間にあててもらうよう、店長には伝えてある」

「は？」

「つまり、あと十五分、ここで休憩だ」

一体いつの間に根回ししたのだろう、しかも勝手に、だ。

「そんなわけにはいかないってば、もうっ」

彰くんの身体を押してトレーを拾おうとした。だが、先に手首をつかまれて阻《はば》まれる。

彼は逃げようとする私の腰を片腕で捕らえ、深く唇を重ねた。

「ん、んうっ……」

舌を絡め吸い上げられて、舌先を甘噛みされれば、もう抵抗などできなくなっていた。

観念して、大人しく目を閉じる。

本当にこの人は、私の意見を聞いてくれない。おまけに照れ屋で意地悪で、不遜《ふそん》で俺様。なのに、私を守ろうとしてくれる手は大きくて優しい。

彼の全部に振り回されて、彼の全部に惹《ひ》かれていた。

濡れた舌先をさんざん嬲《なぶ》られ、ジンジンと熱くなっていく。ようやく離れた唇の間から、唾液が細く糸を引いた。

彼にくたりと身体を預けたまま目を開ける。

「茉奈」

濡れた唇を指でたどられ、ぞく、ぞくっと背筋が震えた。漆黒《しっこく》の瞳の中に映る自分を見ると、まるでそこに閉じ込められているような錯覚に陥《おちい》る。

「愛してる。もうどこにも逃がさない」

いや、錯覚ではないのだろう。再会したあの日、彼に見つめられた時にはもう、私は捕まっていたのかもしれない。

それが心地よいと思ってしまうのだから、きっと私はこの先も、自らこの檻《おり》の中にいるのだろう。

真夜中のエンゲージ

ピリ、と背中に痛みが走る。

組み敷いた彼女は、白い喉をのけぞらせ、細く高く嬌声《きょうせい》を上げながら痙攣《けいれん》していた。

無意識だろう、背中に爪を立てる華奢《きゃしゃ》な手が、痛み以上に愛おしさをもたらす。

「茉奈……平気か」

返事はない。聞こえるのは荒い息遣いだけだ。

上下する胸元が、劣情を煽《あお》る。今、欲望を吐き出したばかりだというのに、際限なく湧き上がってくる自分の情欲に呆《あき》れてしまう。

昂《たかぶ》る自分を抑え込み、深呼吸をする。汗と涙で濡れた彼女の頬を撫《な》で、張りついた髪をどけてやると、ぴくりと瞼《まぶた》が動いた。

「茉奈？　このまま眠るか？」

問いかけながら、彼女の目尻にキスをした。まったく、往生際《おうじょうぎわ》が悪い。彼女が許してくれるなら、もう一度……とどこかで期待しているのだ。

しかし残念ながら、彼女は一度うっすらと目を開けたものの、そのままふたたび瞼《まぶた》を閉じて静かに寝息を立てはじめた。今夜はこのまま、眠るしかないようだ。

茉奈の身体を撫《な》でて労《いた》わりつつ、ゆっくりと腰を引き、彼女の中から抜け出した。

「あ、んんっ……」

ひくん、と身体を震わせ、小さく声をもらして彼女が身じろぎをする。そんな姿を見ただけですぐに臨戦態勢に入ろうとする己の下半身に呆《あき》れながら、ゴムを剥《は》ぎ取りベッド脇のゴミ箱に放った。

――一度、シャワーを浴びて鎮めたほうがよさそうだ。

このままでは、ふたたび茉奈の身体にねだってしまいそうだった。

少しの間だけ彼女の身体に寄り添い、よく眠っているのを確認してから、ベッドを抜け出した。

――最初は、ただ助けたいだけだった。

子供の頃、優しくする方法を知らず、泣かせて傷つけるばかりだった女の子。

とはいえ、いつまでもそのことを後悔していたとか、引きずっていたとか、そんなことはない。

ただ、気にはなっていた。冷たく突き放したあと、彼女はどうしただろうか、と。

あの頃はなにも考えず気軽に優しくする颯太にも腹が立っていたし、甘えることしかしない茉奈にイライラもしていた。

颯太にばかり懐いて、俺にはいちいち怯《おび》えた目をするのもまた、癪《しゃく》に障った。

そんな彼女が、勤めているカフェで既婚者に言い寄られ、泣く泣く辞めた、と聞いた時。今の俺なら、子供の頃よりはうまく手助けできると思った。

会うつもりは、なかった。ただ、やはり様子くらいは気になって、彼女の面接時間にぎりぎりで間に合うように出張先から帰社した。

ロビーで遠目にその姿を見た時、すぐにわかった。そして、見違えた。

茉奈であることに間違いはない。だが、まとう空気はまるで別人のようだった。

歩くほどに距離が近づく。近づくにつれて、彼女もまたこちらを見ているのがわかった。

あの頃、泣いてばかりでおどおどと怯《おび》えていた目には、今は強い意思が見えた。自信なさげに丸めていた背中は、己を鼓舞《こぶ》するようにぴんと伸びていた。足取りは力強く、しっかりと一歩一歩踏みしめている。

すれ違う直前まで、俺は彼女から目が離せなかった。思えばこの時すでに、俺は彼女を捕まえると決めていたのかもしれない。もしくは、捕まったのは俺のほうだったのだろうか。

――どんな風に、生きてきたのだろうか。なにが彼女を変えたのか、知りたい。

気づけば俺は、足繁く彼女のもとに通っていた。

『直したの。高校生になってバイトをはじめる時に、わざと接客業を選んだの。人と向かい合って会話するのにまず慣れないといけないんじゃないかと思って、強制的に人と話さないといけない環境に身を置いたんだよ。そうしたら、訓練になるかなって』

人見知りの矯正《きょうせい》方法は、随分《ずいぶん》と荒療治《あらりょうじ》だった。それが正しい方法だったのかどうかはわからないが、とにかく彼女は自分をどうにかしたいという強い意思を持っていたのだろう。

それが、今の彼女の強さでもあり、弱さでもあるように思えた。

自分で乗り越えた分、人に甘える方法を見失っているのではないかと思うほど、彼女は俺を頼ることを嫌がった。家まで送るといった当たり前のことにすら、眉を顰《ひそ》めて警戒する。

それは、相手が俺であったからかもしれないが……。とにかくそんな彼女に触発《しょくはつ》されてか、子供の頃とは真逆の衝動が、自分の中に溢《あふ》れてくるのがわかった。

――どうにかして、彼女をこの手の中で、嫌というほど甘やかしてやりたい。

初めて、自ら欲しいと思ったものだった。彼女といれば、それだけで人間らしい衝動が湧いてくる。

与えられた役職も、俺の肩書に惹《ひ》かれて寄ってくる人間も、なにひとつ惜しいと思うものはなかった。いっそ、会社なんて捨ててしまえばいい。

そう思ったからこそ、親父とあんな約束を交わしていたのだ。まさかあれが、茉奈との結婚の承諾に役に立つとは思わなかったが。

シャワーを浴びて身体の熱を収めたあと、腰にタオルを巻いて寝室に戻る。茉奈は丸くなって眠っていて、その傍《かたわ》らに腰を下ろした。

心地よさそうに寝息を立てる彼女の頬を指で撫《な》で、唇をなぞる。

その口のすぐ近くできゅっと握りしめられた左手を手に取った。人差し指を差し入れ、手のひらを撫《な》でながら、ゆっくりと開かせる。

片手で彼女の左手を握ったまま、空《あ》いた手でサイドテーブルの引き出しを開けた。中に入っている四角い箱を取り出し、天板の上に置く。片手でその箱を開ければ、中には大粒のダイヤモンドを中央に据えたエンゲージリングが光っていた。

左手を持ち上げ、その薬指にキスをする。それから、エンゲージリングをそっと根本まで通し、その手をしばらく眺めていた。

白く細い指は、儚《はかな》げに見えた。一生、俺がこの手で守り、甘やかすのだと決めた手だ。

「……よく寝る奴だな」

サプライズを仕込んでも一向に目を覚まさない彼女の寝顔に、くすりと笑った。

もっとも、ここまで爆睡するほどに疲れさせたのは、俺なのだが。

ベッドの中に潜《もぐ》り込むと、彼女を正面から抱きしめた。首の下に片腕を通し、もう片方の腕で頭を抱え込む。

翌朝、彼女は指輪を見つけて泣くだろうか、笑うだろうか。それとも、起きている時にしてほしかったと怒るだろうか。

どんな表情でもかまわない。この腕の中で、俺を見て、俺に向けられるものならば。

「茉奈、愛してる」

翌朝の彼女の表情を思うだけで、夢見がよくなりそうだと目を閉じた。

彼女の体温を腕の中に包んで、閉じ込めながら。

書き下ろし番外編

優しくして何が悪い！

美容室ViVio《ビビオ》second《セカンド》は、俺、杉本颯太が専門学校に通っている頃から憧れていたヘアスタイリストの伊庭《いば》さんが、古巣から独立して開店した美容室ViVio《ビビオ》の二号店だ。なかなかに繁盛している。俺も近頃は雑誌にも載せてもらうなどで、二号店の売上にはそこそこ貢献しているつもりだ。

予約の枠も毎日びっしり埋まっているが、たまに急なキャンセルが入ったりする。そのタイミングでいつも声をかけてやっていた幼馴染《おさななじみ》がいるのだが。

これが最近、少々厄介《やっかい》で、面倒くさい。

珍しく、俺のほうから連絡する前に自分で予約を入れてやってきた茉奈を施術席に座らせて、鏡越しに目を合わせた。

「結構伸びたなあ。長さ、どうする？」

「うん、今回はあんまり短くしないで、ちょっと、アップにまとめて欲しいの」

少しはにかみながら笑う茉奈は、最近かなり可愛らしくなった。もうひとりの幼馴染《おさななじみ》、彰と付き合い始めてからなのは明白だ。頬を染める様子に、にやりと笑った。よく見れば、茉奈はいつもは着ないような、清楚なワンピースを着ている。

「デートか？」

「うん。クリスマス・イブはお互い忙しいから、一日早めにしようって、前から計画してて」

椅子をくるりと回して立つように促《うなが》すと、茉奈をシャンプー台のほうへと案内した。幸せそうに笑いやがって、と思う。人見知りが激しすぎて人付き合いができない茉奈を、子供の頃から見守ってきたのは俺のほうなのだが。

茉奈は、苦手意識を持っていた彰に惹《ひ》かれた。面倒見て来たのは俺なのに、なんか納得いかない。

まあ、俺にとっては可愛い妹のような存在だし、茉奈から見ても兄のようなもんだろうからいいんだけどさ。ようは、妹を取られたヤキモチというやつだ。

そう、結局、感覚的には兄妹《きょうだい》でしかないのに、彰が面倒くさいのだ。

シャンプーとカットを終えて、髪をさらさらと流しながらブローをしていると、うっかりうなじに生々しい痕《あと》を見つけてしまった。普段からそれほど襟元《えりもと》の開いた服を着ない茉奈だから、見えないところに付けたつもりなんだろうけど。

いや、それとも、もしかして今日俺のとこに来るから牽制《けんせい》か？　そうなのか？

ケープの隙間からわずかに覗《のぞ》いたキスマークにうんざりしつつ、鏡越しに茉奈に目を合わせた。

「俺に頼んで良かったのか？　またあいつ機嫌が悪くなるだろうに」

彰はどうやら、俺が茉奈の髪を切ったりするのが、嫌で嫌でしょうがないらしい。その度に機嫌が悪くなって困る、と以前から茉奈が零《こぼ》していた。

「毎度言ってるけど、別に俺に義理立てしないで、他の美容室行っていいんだからな？ここがいいなら他の美容師を指名するという手もあるんだし」

元々は人見知りを拗《こじ》らせ過ぎて美容室に行くのにすら緊張する茉奈と、美容師になりたてで練習相手が欲しい俺の利害が一致して始まったことなのだ。家で切ってやっても良かったのだが、その頃の茉奈は人見知り克服のためにいろいろとやっていたようだから、店に来るのはその一環でもあった。

けどもう、その必要もなさそうだし。俺としても、茉奈と彰の仲が拗《こじ》れるくらいなら、他の『女の』美容師に頼んだほうが良いと思う。彰のヤキモチに巻き込まれるのはごめんだ。

しかし、鏡の中の茉奈は眉を八の字にして苦笑いをしていた。

「私もね、そう思うんだけど……」

「気にしてないって言うんだよな？」

実はこの会話は初めてではない。このふたりが付き合い始めて半年が経過したが、その間何度も繰り返される程度には、彰のヤキモチはあからさまだった。

『颯太相手に嫉妬《しっと》するわけないだろう』

眉間にがっつり皺《しわ》を寄せて言うあいつの顔が頭に浮かんで、思わず噴き出してしまった。

ワンピースに合わせて、少しシックに、それでいて可愛らしく。丁寧に髪を編み込んでピンで留めてから、ところどころ櫛《くし》で毛束を引っ張って緩め、柔らかな印象に仕上げる。首筋に細く一束、おくれ毛を作って出来上がりだ。

「どうだ？」

「うん、可愛い！　いつもありがとうね」

「彰との待ち合わせ、間に合いそうか？」

尋ねると、頬をほんのりとピンクに染めて笑った。

「今着いたって。外で待ってるみたい」

どうりで。さっきからなにかソワソワしてると思った。

店を出ると、外は夕方から夜への移り変わり時で、薄い闇色の街にポツポツと灯りが灯《とも》り始めていた。十二月の冷たい風が吹き抜ける。周囲を見渡すと、少し離れた場所の道幅の広いところに、見知った車がハザードを点《つ》けて停まっていた。

あいつの車だ。向こうも店から出てきた俺に気づいて車から降り、近づいてきた。

「うぃーっす。茉奈は？」

「おう。おつかれ」

「別のスタイリストにメイクやってもらってんの、簡単にだけど。もうちょっとで出てくるよ」

そう伝えるが、返事がない。わかりやすい奴めと鼻で笑って、情報を付け足した。

「スタイリストは女だよ」

にやりと笑うと、彰はバツが悪そうに目をそらす。

「別に聞いてないだろ。食事の予約時間があるから、間に合うか計算していただけだ」

「へー。まあいいけど。それよりお前さあ、嫉妬《しっと》も大概にしとかないと本当にいつか嫌がられるぞ」

「何の話だ？」

「今日俺んとこに来るってわかってて首筋に痕《あと》残しただろ。ケープで首回り隠すけど、あの位置じゃちょびっとだけ見えんだよ」

とんとん、と茉奈の首筋にあった痕《あと》と同じ場所を、自分の首筋で示す。すると、彰はどうやら意図的ではなかったらしく、はっと目を見開いた。

「……わざとじゃない」

口元に拳《こぶし》を当てて、コホンと咳払いをする表情は、若干照れたように見える。やめろ、こっちはそんな顔見たくもねーんだよ！

「俺に切らせるのが嫌なんだったら、別にいいんだからな。他のスタイリストに切らせるか、別の店に行くように言えよ」

この件に関して彰と直接話すのは、そういえば初めてだ。

「そんなことは一言も言ってない。茉奈が颯太に切ってもらうのが気に入ってるならそれでいいだろう」

「態度と顔がそうは言ってねえんだよ」

彰の仏頂面を見ていると、ついにやにやと笑ってしまう。こいつがこういう表情をする時は、照れていたり面白くなかったり、とにかく見える表情とは裏腹なことが多いのだ。

彰は数秒、その仏頂面を続けたあとで、はあっと溜息をつき後頭部の髪をくしゃりと乱しながら、ぼそっと零《こぼ》した。

「本当に、颯太に切ってもらうのに反対なわけじゃない」

「ほほー」

「……ちょっと、面白くないだけで。俺が知らない間、ずっと茉奈の相談に乗ったり世話を焼いたりしてきたんだろ？」

案外すんなりと、本音を言った。茉奈と付き合うようになって、彰もちょっとずつ変わってきたような気がしている。以前なら、俺に対してだって格好つけたところがあったし、弱味を見せるのを良しとしなかった。

良い傾向なんだろうなと思う。だからふたりが付き合うことは、俺も大賛成だ。妙なヤキモチを焼く必要など、欠片《かけら》もないのだ、が。

「世話っつーか、落ち込んだら励まして、髪切ってやって気分転換させてやって、くらいだけどな」

「だからだろうな。茉奈はお前を無条件に信頼してるし」

こうして会話をして、なんとなく彰のヤキモチの根本に気が付いてしまった。

子供の頃から再会するまでの空白の数年間、その間の茉奈を俺しか知らない。彰は海外に居たのだから致し方ないことだし、時間が巻き戻せるわけでもない。どうなることでもないのは彰もわかっているはずだが、だからこそ今になっていろんな面で過剰に反応するのだろう。

「お前のことも信頼してるだろ、茉奈は」

「それは当たり前だ」

「じゃあそれでいいだろ。しょーもねーヤキモチ焼くな」

ひゅるっと風が吹いて、その冷たさに首を竦《すく》める。そろそろメイクも終わって出てくる頃だろうかと腕時計で時間を確かめた。

「そろそろか」

「そうか。会計してくる」

「は？　なに言ってんだ、いい大人なんだから自分の美容室代くらい自分で払わせろ、なに、お前全部面倒見てんの？」

財布を出しながら店に向かって歩いていこうとする彰に、若干引いた。いやかなり引いた。男が金出すのなんて、せいぜい一緒に食った飯くらいでいいんじゃねーのか！

「甘やかしすぎだろ！　いくらなんでも！」

呆れてつい強い口調で言ってしまったが……実はいつも料金はもらっていない。

今日は茉奈から店に予約があったのでそんなわけにはいかなかったが、俺が呼び出した時は練習台にしていた頃の習慣で無料にしている。しかしそれを知られると余計に妬かれてしまいそうで、黙っていることにした。

「子供の頃に散々甘やかしてたお前に言われたくない。学年も違うのにべったりくっついてくるのをへらへらしながら受け入れて甘やかして、そのせいであいつが浮いたんだからな」

「いや、それはそうかもしんねーけど、子供が子供庇《かば》うのってそんなもんだろ！」

「あっちこっちに良い顔しすぎなんだよ、それで調子に乗った奴が結構いたはずだったがな」

ずばっと言われて、ぐっと言葉に詰まった。

確かに。陰で茉奈をいじめてた奴らも優しくなだめたりしてたもんで、その余波で結局茉奈に被害が行ってたのはまあ……俺だってお子様だったんだよ！　ガキにできることなんてそんなもんだろ！

だがしかし、当時の彰はその辺を子供ながらに理解していたのだろう。彰が茉奈に冷たくして結果敬遠されたのは、実は茉奈を案じてのことだったのだから。特に自分が引っ越しで転校することが決まったあとの彰は、ひどく冷たく茉奈を突き放していた。

その反動なのか、今の彰は茉奈への溺愛を一切隠さない。

「どうだかな。大人になってからも似たようなもんだろう」

「再会してからのお前ほどじゃねえからな！」

茉奈が人見知りだからって、毎度毎度頼まれもしないのに髪を切りに来いなんて連絡してたのは、確かに少々甘やかしていたかもしれないが。こいつに言われたくはない。

そんな言い合いをしていれば、店のほうから声がした。見ると、スタッフに見送られて茉奈が出てきたところで。

てくる。

「彰くん、お待たせ」

ワンピースの上から淡いピンクベージュのコートを羽織った茉奈が、小走りで近寄ってくる。

本当に、可愛らしくなったものだ。以前の茉奈なら、恥ずかしがってこんな女らしい服装をすることはなかった。

「ふたりで何の話してたの？」

にこやかに、俺と彰を交互に見て首を傾げる。

ヤキモチをどうにかしろだとか、どっちがより甘やかしているか言い合っていたとはさすがに言い難い。彰と顔を見合わせてから、なんでもないと笑った。

「別に」

「久しぶりに今度飲もうぜって言ってただけ。な？」

……まあ。幼馴染《おさななじみ》を巡《めぐ》って、多少言い合うことくらいあってもいいだろう。彰にとってはもちろん、俺にとっても手がかかってもしょうがないと思えるくらい可愛い幼馴染《おさななじみ》なのだから。

ふたりから離れて店の前で振り返ると、彰の車に乗り込んでいく姿が見えた。窓越しに、彰が茉奈に顔を近づけていって恥ずかしそうに拒否られているのを目撃。

幼馴染《おさななじみ》ふたりのそういう姿を目にするというのは、なんとなく気恥ずかしいものがある。

「ラブラブですねー」

茉奈の見送りに表に出ていたのは、メイクを頼んだスタッフだった。

「いいなー、私も彼氏ほしー」

「……俺も彼女探すかな」

なんか、寂しくなってきたわ。

ぼそっと呟《つぶや》いて店に戻ろうとしたが、「えっ」と素っ頓狂《すとんきょう》な声で引き留められる。

「こないだまで彼女いませんでした？」

「あー……別れた」

この業界、カップルが盛り上がりそうなイベント時期はなにかと忙しいことが多い。なので、ＯＬだとか普通の企業に勤めているような相手だと、すれ違いが多くて長く続かなかった。

だからというわけではないが、先月まで付き合っていた彼女は百貨店の洋菓子フロアに勤める販売員だったのだが。

お互い忙しい時期を外して、それなりにデートも重ね順調だったつもりなのに、気が付くと彼女との仲はギスギスとして、会う回数が減り、結果別れた。

なぜだ。

「……くそー。なんでいつもフラれるんだ？」

「あっちこっちに優しいからじゃないですか？」

「えっ」

さらっと爆弾発言を落とされた。それはさっき、彰に指摘されたことでもあったが、まさかその会話を聞いていない第三者にまで言われるとは、思いもよらなかったのだ。

「えっ、えっ！　俺、そんな八方美人じゃないだろ？」

「なに言ってんですか。うちのスタッフだって、結構犠牲者多いですからね。自覚してください、被害甚大なんで」

「えええええ、どういうことだよ！」

からんころんとカウベルの音を鳴らして、彼女は店に戻っていく。あとを追いかけ追及したかったが、今はまだ営業中だ。

なんだよ！

優しくしたと言われて思い当たることがないことはない。店の女の子には練習だとかこまめに付き合うし、夜が遅くなることも多いから家まで送ったり？

いやでもそれは、後輩だしな。大事な店のスタッフだし、まあ男のスタッフにはそこまで世話焼いたりしないけど。

眉を顰《ひそ》めて考えていると、さっきの彼女にまた冷ややかに睨《にら》まれた。

優しくして怒られるなんて、やっぱり納得がいかないが、それが彼女と長続きしない原因だと言われれば、そんなような気がしないでもない。

少々自分を見直してみる気になった、年の瀬だった。

男運が悪く、最近何かとついていない、カフェ店員の茉奈《まな》。そんな彼女の前に、大企業の取締役になった、幼馴染の彰《あきら》が現れる。子供の頃、彼にはよくいじめられ、泣かされたもの。俺様ドＳっぷりに大人の色気も加わった彰は、茉奈にやたらと執着してくる。さらには「お前を見てると泣かせたくなる」と、甘く強引に迫ってきて――？

B6判　定価：本体640円＋税　ISBN 978-4-434-26865-6

恋愛小説「エタニティブックス」の人気作を漫画化!

化粧品会社で働く二十七歳の碧《あおい》。ある日彼女は、双子の妹の身代わりとして面倒なお見合いに駆り出される。渋々お見合い場所のホテルへ赴いた碧だったけど…そこに待っていたのは、超絶イケメンながらも、一目でクセ者とわかる身勝手＆ヘンタイ男!? しかも思わず素でキレたら、なぜか気に入られてしまったみたいで…!?

B6判　定価：本体640円＋税　ISBN 978-4-434-26847-2

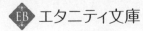

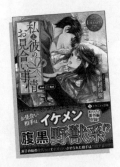

営業部のエリート課長・央人《ひろと》に片想い中の日菜《ひな》子《こ》。脈なしだとわかっていても訳あって諦められず、アタックしてはかわされる毎日を送っていた。そんな時、央人と二人きりで飲みにいくチャンスが！　さらにはひょんなことからそのまま一夜を共にしてしまう。するとそれ以来、今まで素っ気なかった央人が、時には甘く、時にはイジワルに迫ってくるようになって――!?

B6判　定価：本体640円+税　ISBN 978-4-434-26886-1

本書は、2018 年 10 月当社より単行本として刊行されたものに、書き下ろしを加えて文庫化したものです。


この作品に対する皆様のご意見・ご感想をお待ちしております。

おハガキ・お手紙は以下の宛先にお送りください。

【宛先】

〒 150-6008 東京都渋谷区恵比寿 4-20-3 恵比寿ｶﾞｰﾃﾞﾝﾌﾟﾚｲｽﾀﾜｰ 8F
（株）アルファポリス　書籍感想係

メールフォームでのご意見・ご感想は右のＱＲコードから、
あるいは以下のワードで検索をかけてください。

アルファポリス　書籍の感想　検索

ご感想はこちらから

エタニティ文庫

S系《エスけい》エリートの御用達《ごようたし》になりまして

砂原雑音《スナハラノイズ》

2020年2月15日初版発行

文庫編集－熊澤菜々子・塙綾子
発行者－梶本雄介
発行所－株式会社アルファポリス
〒150-6008 東京都渋谷区恵比寿4-20-3 恵比寿ｶﾞｰﾃﾞﾝﾌﾟﾚｲｽﾀﾜｰ8F
TEL 03-6277-1601（営業）　03-6277-1602（編集）
URL https://www.alphapolis.co.jp/
発売元－株式会社星雲社（共同出版社・流通責任出版社）
〒112-0005 東京都文京区水道1-3-30
TEL 03-3868-3275
装丁イラスト－氷堂れん
装丁デザイン－ansyyqdesign
印刷－中央精版印刷株式会社

価格はカバーに表示されてあります。

落丁乱丁の場合はアルファポリスまでご連絡ください。

送料は小社負担でお取り替えします。


ISBN978-4-434-27030-7 C0193